あれも できるよ
これも できるよ

堀内 久美子
HORIUCHI Kumiko

文芸社

はじめに　私の脳梗塞後遺症のつらさ

ある日、リハビリで仲良しのある人が、お世話している女性に一言、

「どうせ、あなたたちは我々の脳梗塞《のうこうそく》のつらさなんかわかりはしないんだから」

と毒づいた。それに対して彼女は、

「それを言われたら、何とも返せないよ。だって私たち、脳梗塞になったことがないんだもの。だからいつも、こんな感じかな？　と思いながら接しているんだ」

と返した（お互い、こんな会話も平気なくらい親しいのだが）。

そういえば、脳梗塞の本は何冊か読んできたが、脳梗塞が起こす色々な障害や、そのリハビリテーションのことがほとんどだ。

後遺症で苦しむ患者のつらさ、どういうふうにつらいのか、どんなことで悩

んでいるのかなど、患者の側から書かれたものにはお目にかからない。そりゃそうだ、医者や療法士が脳梗塞になったら、仕事をやっていられないからだろう。

私はここで、私の脳梗塞後遺症は、いったいどんな感じなのか、どんなふうにつらいのか、可能な限り説明を試みてみたい。

私は右手麻痺《まひ》と右足麻痺、それに言語障害がある。入院中、両肩をつけて寝るのが痛くて痛くて、バスタオルを幾重にも折って敷いて寝ていた。痛さとバスタオルの厚さの調整作業で、一晩中寝られない日もあった。2年4か月経った今でも、右手を上げるには、大きな労力を要するし、痛い。発症した当時、全然上がらなかった右手だから、自力で上に上げるのは大変なことなのだ。肩の高さまでならいくらか楽だが、長い間はもたない。ダンスで相手をしてくださる先生に、右手を持ってもらっているのに、1曲全部だと疲れてだんだん姿勢まで崩れてしまう。傘が持てないのも、バッグが持てないのも同じわけだ。だんだん腕が重くなったり痛くなったり、耐えられなくなるのだ。

椅子に座って腕を下ろして軽く曲げて、肘掛けに置いておくと一番楽だ。次に手のひらについてだが、軽くグーの形でいることが一番楽で、意識すればパーに開くことができる。しかし、パーに開くのも速やかにはできず、数秒かかり大きな力もいる。まして、指を1本ずつ立てたりするなんて難しく、中でも「3」を作るなんて至難の業である。

また、親指が曲がっているという悩みがある。曲がったまま物をつかんだり、引き寄せたりするのは、痛いしうまく運べない。その親指をまっすぐ伸ばそうとすると、親指から腕にかけて筋が腫れあがって湿布を貼ることになる。やってもやっても、今のところその曲がりはなかなか治らない。肘にしろ手首にしろ手先にしろ、動かすには腕全体の絶大なる協力が必要で、大いに疲れるわけだ。

腕は首、肩とつながっていて、私がいつも首に磁気ネックレスをつけて、肩に湿布を貼っているのは、そういうわけである。

最近、右腕の筋肉が力をつけてきていて、握力も14キログラムになった。初めは握力計の針も振れなかったのに。ところが……包丁が全く使えないのだ。トマトを切ろうとすると、包丁がぐにゃぐにゃと曲がってしまう。力が入らないのだ。左手で右手を上から押さえれば何とか切れる。

そんなわけで、我が家では娘から包丁の使用許可をもらっていない。これからの課題である。

杖を右手でつこうとすると、着地点が定まらず、フラフラし、杖の役目をしない。テーブルの上の右の離れたところにあるドレッシングを取ろうとしても、右手では取れなくて家族の誰かが取ってくれる。左手なら伸びるのに、右手は伸びないのだ。力がついて、色々とできるようになったけれど、常に痛いようなつっぱり感がとれない。毎日つっぱり防止の疼痛《とうつう》治療剤を飲んでいるのに。歩きで腕を大きく振ると治るが、一時的なことだ。手というか指というかわからないが、物をはじくことと振ることができない。リハビリでおはじきをはじけない。ハンドベルを振って音が出せない。ボール投げは、最近特訓して少し投げられるようになった。

次に右足だが、半年前から毎日「6000歩」歩きを続けている。歩き始めはおぼつかなくて、1000歩くらい歩くと調子が出てくる。おぼつかないというのはどんなことかと言うと、極端に言えば、自分の足でありながら自分の足じゃないようなことである。上げているつもりが上がっていなくて、引きずったり、歩幅が思うように大きくできない。2000歩くらいになると、我ながら合格点をあげられる歩き方ができる。それでも歩幅に関しては?? 毎日これの繰り返しで嫌になることもあるが、忍耐忍耐だ。それに、ボールを蹴ることができない。靴やスリッパがしっかり奥まで履けない。手も足もフワッとしか動かせない。要するに、思った瞬間、サッと動かせないのだ。

最後に言語障害だ。私の場合、ろれつが回らないという自覚症状が脳梗塞の始まりだったが、それは相変わらずであり、毎日の訓練で何とかこなしている。歩く時や暇な時に、大きく口を開けて「あいうべー」を繰り返したり、舌を回したり、歌を歌ったりしている。基礎訓練よりもこのほうが楽しくできる。聞く人には「はっきりしているよ」と言われるが、自分ではもどかしくて時々

「あーもう!!」と癇癪《かんしゃく》を起こしたくなる。それでも「あいうべー」や舌を回したりするしかない。

私にはないが、後遺症には、目が見えにくくなるとか、顔が変形するとか、記憶の障害など色々あるが、私は体験していないので何とも言えない。わからないから。

私の友達のKさんは、足と顔と目と言語障害だ。幸い手は軽くすんだようだ。目のほうがきついらしく、「片方しか開いていなければもっといいのに。なまじっか両目が開いているからまっすぐに歩けないし、本や新聞が読めない」とぼやく。よく、悪いほうの目を手で隠している光景を目にする。

もう一人の人は足がダメで、歩行器がないと1歩も歩けない。手には後遺症はないみたいだが、足に全後遺症が集まったみたいだ。

以上、私の右手、右足、言語障害について説明し、友達の障害にも触れてみた。

あれもできるよ　これもできるよ

目次

あれもできるよ　これもできるよ

始まり（バハマで入院）

それは、2018年、世界の名船、飛鳥《あすか》Ⅱで世界一周中（3月25日出発7月4日帰国）の6月1日朝、

「何か口が変、上手くしゃべれない、ろれつが回らない」

で始まった。

船医に診《み》てもらったら、

「何にも感じないよ。ちっともおかしくない」

と言われ、夕方まで様子をみることになった。昼間、友達数人に聞いてみたが、誰一人おかしいと言わない。夕方になって再度医務室を訪れたら、

「自分で感じるんだからそうだろうね」

と言われ、ベッドに寝かされた。実はこの時すでに先生は私が脳梗塞を発症

バハマの海と街

したとわかっていらしたのだろう。私が動揺しないよう、平静を装っていらしたのだ。そうこうするうちに、
「お客様で具合の悪くなられた方がいらっしゃいますので、船を速めます。揺れますがご了承ください」
という緊急アナウンスが入り、船はバンバン走った。
6月3日午前2時、着いたところはバハマの首都ナッソーにある大きな港。大型の救急車が待っていて、船長以下多くの人に見送られ、飛鳥を離れた。ものの10分と経たないうちに大きな病院に着いた。船医のS先生も来てくれ

ていて、病状などを話してくれた。その時、私のカルテを見て、ドクターが最初に言った言葉、

「Oh!! Happy birthday!!」

ちょっとの間忘れていたが、そうなんだ！　今日は私の誕生日だったのだ。

今日から私も光輝高齢者の仲間入りなのだ。

後にも先にも、私の75歳の誕生日を祝ってくれたのはこのホスピタルのドクターだけだった。船では盛大にバースデーパーティーの準備がしてあったのに。

広い病院の廊下を進んで、ＭＲＩの部屋に着き、検査をした。

検査の結果は……**脳梗塞**。

正直あんまりショックはなかった。脳梗塞とはどんなものか知識がなかったからだ。

いよいよ入院が決まった。

病室は大きくきれいな部屋で、ＩＣＵと書かれていてナースステーションの前だった。

飛鳥本社の三上さん

当日は船医のS先生とたまたま横浜の飛鳥本社から来ていた三上さんが夕方までついていてくれて、なにやかやと世話をやいたり今後のことを教えたりしてくれた。夕方お別れの時、心細くなり、ちょっぴり涙が出た。たった1日のお付き合いだったが、濃厚で別れの握手の感覚は今でも手に残っている。

その夜から、女性が一人、部屋につくことになったので、「Nice to meet you.」と挨拶した。そして、「I came from Tokyo Japan. My name is Kumiko Horiuchi.」と自己紹介した。以後、私の名前は「東京久美子」となった。

翌日から、ユリ・ボグスさんという飛鳥のナッソー事務局の女性が毎日来て

飛鳥ナッソー事務局のユリ・ボグスさん

くれた。

　彼女も久し振りに毎日日本の女性としゃべれるので嬉《うれ》しいと言ってくれた。彼女にドクターやナース、付き添いの女性、それと彼女自身に挨拶としてあげるナッソーで一番上等のチョコレートを買ってきて欲しいと頼んだ。付き添いの女性とユリさんは嬉しがってくれ、お礼を言ってくれた。

　付き添いの女性は、大柄な体格でいつもお菓子をバリバリパクパク食べていて、私のテレビ

を自分のほうに向けてゲラゲラ笑っている、かと思うと、すーすー居眠り。そうっと抜け出してトイレに行こうとすると、

「オー！　ノー！　トウキョウクミコ!!」

と慌てて車いすに乗せる。のんびりしているようでも押さえるところはしっかり押さえていて立派だ。

24時間体制なので、もう一人交代するのだが、二人共申し合わせたようにお菓子バリバリのテレビゲラゲラ。居眠りこっくりの「トウキョウクミコ！」だ。そうしていいことになっているのか、国民性のおおらかさを感じる。

最初の女性は自分のプライベートなことも話してくれた。彼女はシングルマザーで息子が一人いるそうだ。20歳で、親孝行者らしい（こちらでそういう言い方をするかわからないが）。写真を見せてくれた。

「オー！　ナイスガイ！」と言ったら、大喜びだった。

伊藤さん夫婦

6月3日、ナッソーには短い滞在だったのに、その時間を割いて病院を探し当て、ご夫婦で私を見舞いに来てくださった。検査中で会えなかったのがとても残念で申し訳なかった。その真心に心から感謝している。

伊藤さんは船ではあまりお付き合いはなかったが、船の医務室の前で私を見かけ、事情を察して親身になってくださり、お守りをくださった。

ご主人を大病から救ったお守りで、大事になさっていたものらしい。

「持っててね。きっと守ってもらえるよ」

と涙ぐんでくださった人だ。

今も伊藤さんとはＬＩＮＥや電話で近況報告をし合っている。

黒澤さん

また、見送ってくださった人の一人に黒澤さんがいる。彼女とは出発の横浜港のデッキで知り合って以来、いつも一緒だった。寝る時と互いのランドツアーで別々の時以外は。二人で素晴らしい物を見ては感動し、美味しい物を食べては感動し、旅を満喫した。

そんなわけで、発症後、船のベッドで寝ている時も色々な食べものを運んできては、ずっと付き添ってくれた人だ。何だか気が合い、船から降りた今でも何かにつけては誘ってくれて、ＬＩＮＥもしょっちゅう交わしている。私の下船後も自宅あてにたくさんの便りを送ってくださった。彼女なしには今回の旅は語れない。

多分、死ぬまでお付き合いすると思う。バハマの港で救急車が見えなくなるまで手を振ってくれていたシルエットが思い出される。

黒澤さんと一緒に

6月4日、リハビリ始まる

私の担当になったのは女性のリハビリ士、言語も足も作業療法もオールマイティーらしい。私はバハマの地でさっそくリハビリを始めることとなった。早く始めることがとても大切らしい。手はハンドグリップで力をつけること、足は階段の上り下り、自転車漕ぎを毎日やらされた。

言語や脳を鍛えることをやらされたような気がするが、はっきり覚えていない。

全部広いリハビリ室に車いすで出かけてやっていたことだけは鮮明に覚えている。手の力をつけるハンドグリップは記念にといただき、今でも使っている。だんだんこの頃から手も足も言うことを聞かなくなってきたように思う。これはどうやら大変なことになったぞ。今は右だけだけれど、しばらくしたら左も動かなくなるのでは……と不安になった。

医者に聞いたら左の脳の血管が詰まったので、右だけが動かないんだ。だからリハビリで動くようにしていかなければならないんだ、という説明だった。

なるほど、それを脳梗塞というのか、と理解した。

食事について

朝――ロールパンや食パンが交互に出る。バターやジャムは毎日ついてくる。サラダ、スープ、デザートが毎日毎食付いてくる（スープはポタージュがほとんど）。
昼――スープ、ハンバーグ、サラダ、デザート、コーヒーか紅茶。
夕――巨大なステーキ。見ただけでうんざりするほど大きくて厚い。しかし食べると何と柔らかくて上等な牛肉であったことよ。300グラム以上あったかな？

サラダ、パン、スープは毎食付くが、さらっとした飲み物やスープには必ずとろみ剤がついており、初めそれがなぜなのか不明だった。後で、気管に入りにくくするためとわかった。

野菜は全部が生で、口に入らないくらい大きいブロッコリーが出たのにはビックリした。大食家の私でも、さすがに食べきれない日が多かった。

リラ――ックス、リラ――ックス

入院から6日目、そろそろ帰国していいという許可が出たことを知らされる。ナースを日本から呼び、一緒に連れて帰ってもらうらしい。いつまでここに

バハマはリゾート地だった

いるのか気になっていたので、それを聞いた日から血圧の数値がおかしい。１３０〜１４０だったのに、一気に２００くらいになった。帰れる喜びからだろう。付き添いさんが心配して、

「リラ――ックス、リラ――ックス」

と言うが、なかなか下がらない。

「下がらないと東京へ帰れないよ」

と脅されるが、なかなか下がらない。気分転換にと車いすで

病院内を回ってくれた。

廊下の大きい窓から四方を見晴らすことができた。遠くにナッソー港も見えた。

ここナッソーは、パナマ運河に近く、風光明媚《ふうこうめいび》な港で、年間300万人もの観光客が訪れるリゾート地だということを知った。周りには大きなホテルや建物が並び、きれいな海を取り囲んでいた。帰国までの3日間くらい、そうやってナッソー見学を楽しませてくれたのだ。付き添いさんの優しさが心に沁《し》みた。

ついに帰国!

10日目だったか、ナースの高橋さんが日本より到着。病人を飛行機で連れて帰るのだから勇気、気力、体力、それに優しさが求められる仕事だ。

こちらのホテルに1泊して、翌朝出発。出発の朝、ドクターがハグして、

「サヨナラ」

と日本語で言ってくれた。

世界一周をまたリベンジして、このナッソーに寄る。（ナッソーは必ず寄港するだろうから）と心に誓った。お土産に大量の薬と、とろみ剤の入った袋を渡された。

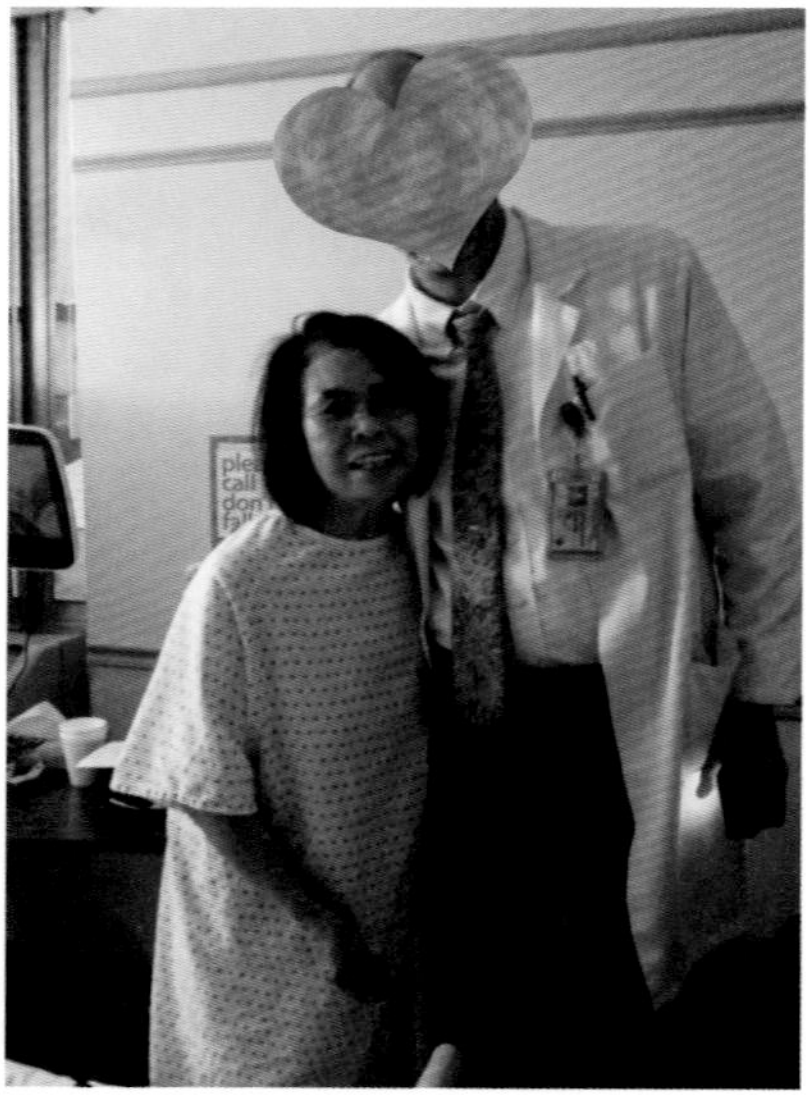

担当くださったドクターと

アメリカ経由をやめてヒースロー経由に

帰国に際して、アメリカ経由は当然近くて速いのだけれど、アメリカの空港は危ないから使わないという。9・11の大事故以来、テロ防止のため、金属製のものはすべて没収される。血圧計や聴診器は危ないということで、イギリスのヒースロー空港を使うということだった。バハマからヒースローまで8時間、トランジットが5時間。日本の羽田まで8時間の予定だ。

ここからは日本に戻って2年後に高橋さんとかわしたＬＩＮＥのやりとりである。

……………

私：懐かしいです、侑子さん。お元気で何よりです。今、闘病史を書いています。バハマから帰ってきた時のところまで書き終わったところです。

記憶が頼りで、あやふやなところがいっぱいです。書き終わったら自費出版するつもりです。出来上がりをお楽しみに。

侑子さん：久美子さ――――ん！　私はほぼすべての記憶がありますよ。ずっと隣にいましたから。もしもあやふやなところがありましたら質問してくださいね。

私：はーい。右手は不自由ですが元気ですよ。

侑子さん：久美子さんの前向きなエネルギーはどこからやってくるでしょうか。

きっと生まれ持ってのものでしょうね。久美子さんの本を読んで、勇気やパワーをもらう人がたくさんいると思います。

私：いつになるかわかりませんが、出来上がったらお会いできればいいいなぁ。

侑子さん：勿論ですよ。会いに伺います。

私：嬉しいなぁ。左手で書いているので遅いし、疲れるし、汚い字で自分でも読みづらいです。

侑子さん：私も昔、書籍を出版したことがあります。久美子さんとはそういう部分でも深い繋《つな》がりを感じます。久美子さんにとってはおつらい経験になってしまいましたが、バハマへのお迎えに伺えて、そこで出会え、こうしてご縁が続く幸せを感じています。左手で直筆で書いておられるのですね。

私：バハマは日本人にとってあまり馴染みのない国だし、印象が特別でした。書き残してないし、忘れたことがたくさんあります。こんなつもりじゃなかった。失敗したなって感じです。

侑子さん：そうですよね、そんなつもりで旅行に行く人などいませんものね。

私：今、バハマから帰ってきた頃の症状を書きたいのですが、ずっと車いすに乗っていて、歩けたのか歩けなかったのかわかりません。飛行機の中とかヒースローでのトランジットの時、少しぐらい歩けていたのかどうか教えてください。治江《はるえ》（娘）は、歩けなかったし、手は全く動かなかったと言います。

治江：治江です。さっき、母と話していたのですが、医療センターに到着した時は車いすでしたよね。確か、ヒースローで紅茶を買ったと言っていました。私にもバーバリーの可愛いバッグを買ってくれたと話していました。

私：そういうことは覚えているのですが、歩けたのかどうか、あまり気にしてなかったのでしょうか。記憶が飛んでいてハッキリしないんです。ヘルプミーです！

侑子さん：バハマからヒースローに到着して、空港内を一緒に大移動しましたね。空港内では私が横で手を引きながら、確かに歩いていらっしゃいました。本来ならば車いすが手配されている予定でしたが、何せ海外の空港ですので連絡ミスがあったのか、我々は歩かざるを得ませんでした。約

30分から40分歩き続け（もしかしたらもっと歩いたかもしれません）、大移動の途中で車いすを見つけて、そこからは車いすで移動しました。車いすの色は薄紫色だったと記憶しています。確か、トランジットが5時間近くあり、早すぎてチェックインカウンターでチェックインすることもできませんでした。ビジネスの航空券も持っていましたし、空港職員に「何とかラウンジだけでも使わせてほしい！」「チェックインを早めにできないか？」など掛け合いましたが無理だと言われました。

久美子さんはとても疲れていたと思います。それにもかかわらず、薄紫色の車いすに座ったまま、ずっと辛抱強く頑張っていらっしゃいました。

そこで、気を紛らわすためにショッピングに行きました。久美子さんは紅茶も買っていらっしゃったと思いますが、そのあとバーバリーに行きたいとおっしゃったので、一緒に入店しました。可愛いポシェット型のバッグを見つけると、迷うことなくクレジットカードで支払いをされました。

「娘に……」と言っておられました。

バーバリーでは日本の住所を記載するようにと求められたので、私が代筆しました。チェックインカウンターが開くまでの間、一緒にレストランで休憩もしました。

久美子さんは確かに歩いていらっしゃいました。私に摑《つか》まって歩くことができていました。ゆっくりゆっくりでしたが、歩けていましたよ！

私：ありがとうございました。こんなに鮮明に覚えていてくださって、嬉しいです。本当に涙が出るほど嬉しい。だんだん思い出してきました。ありがとうございます。

侑子さん：また、飛行機の中では、ずっと「眠れない」とおっしゃって、映画を観続けていらっしゃいました。本当に一睡もされなかったと思います。CAさんたちにご病気になられた経緯や、バハマでの入院生活のことを話しておられました。また、右手を見つめながら、「うーっ」と力を込めて動け！　動け!!　とリハビリに励んでおられました。時々ピクッと手が動き、「あっ!!」と一緒に声を出したのを覚えています。また、機内でのトイレは、私やCAさんたちに手を引かれながら歩いていっていました。飛行機を降りる時は、一番最後でした。空港の地上係員の方が車いすで迎えに来てくださっていたので、混雑を避けるためでした。

飛行機を降りる頃には、CAさんたちとすっかり仲良くなられており、メッセージカードを受け取っていらっしゃいましたね。あの時の感動は私も涙が出るほどでした。

アライバルゲートを抜けると、治江さんのご主人と旅行会社の方々が待っていらっしゃいました。

そういえば!!　帰りの機内で久美子さんが「ねぇ、どっちのネクタイがいいかしら?」と私に質問されました。スカイショッピングの雑誌を見ながらネクタイを選んでいらっしゃいました。それは、実は治江さんのご主人へのプレゼントだったと後で知りました。紺色のネクタイだったような気がします。

私：重ね重ね、人のことなのに、詳しく覚えていただいていて感動しまし

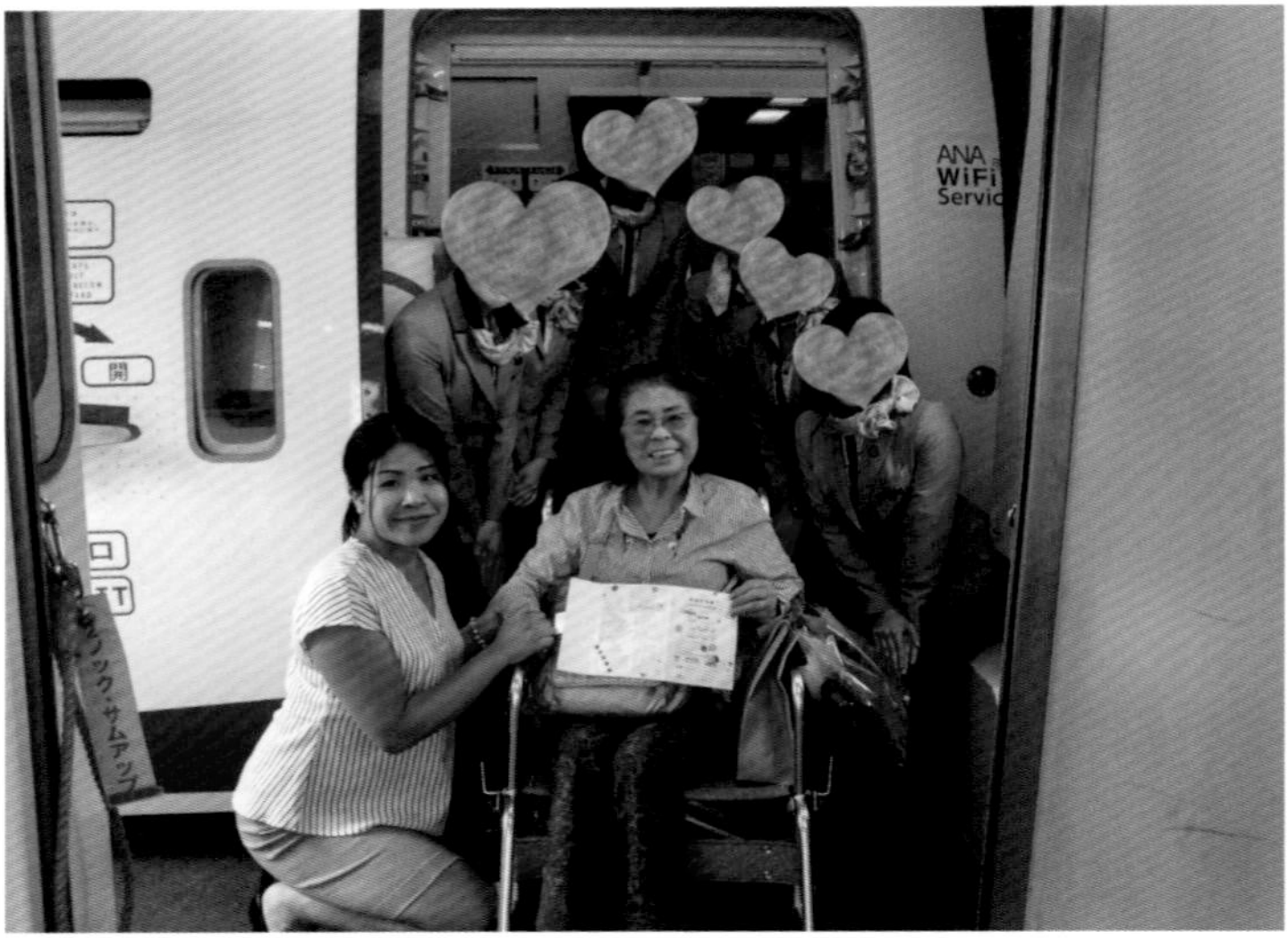

お世話になったANAのCAの皆さん、高橋さんと

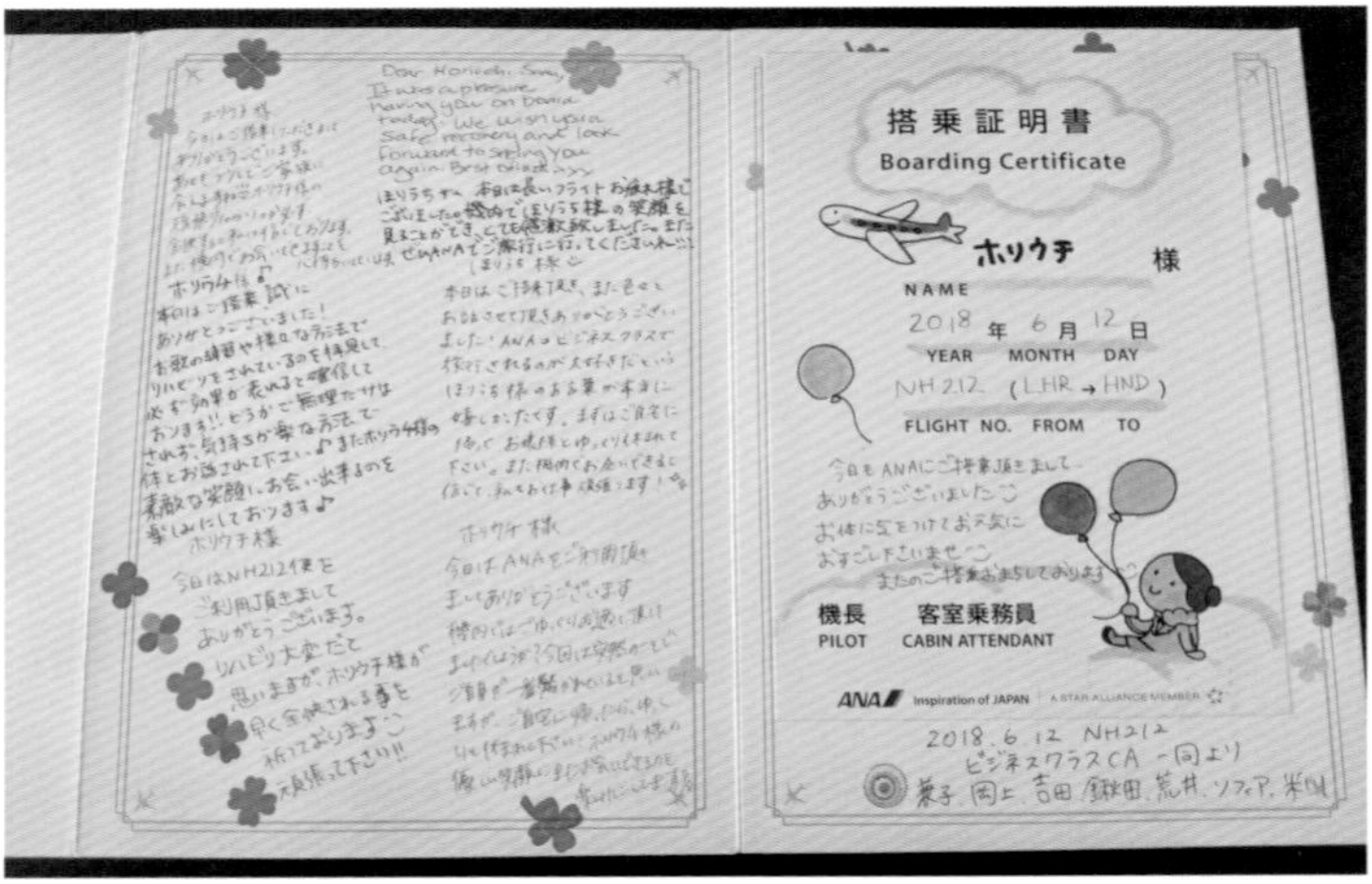

飛行機から降りる時にいただいたCAさんたちからの寄せ書き

た。高橋さんの愛を感じます。ありがとうございます。
治江：2年以上も前のこと、その後も何人もの患者さんに付き添われていらしたでしょうに、こんなに詳細に覚えていてくださっていることに、驚きと感動と感謝の気持ちで一杯です。母はどんなに心強かったことでしょうね……本当に本当にありがとうございます。
侑子さん：一人一人の患者さんとの日本への旅路は忘れがたいものです。久美子さんについては、頑張って歩き続けてくださった姿が本当に印象的でした。我慢強く、辛抱強いお心の持ち主であることを、旅路の中で何度も何度も感じました。きっと、辛い瞬間は何度もあったと思います。しかし驚きなのは、一度だって弱音を吐かなかったこと。ずっと笑顔で過ごされていました。しかし、機内で隣に座る久美子さんをふっと見ると……動かなくなった右手を見つめている姿がありました。久美子さんがどんな気持ちだったのか、何を思っていらっしゃったのか……今はそっと見守ることが最善のことのように感じたのを覚えています。

バハマからの旅は、それはそれは長い帰路に思えました。しかし、久美子さんだったからこそ、共に無事に帰国できたのだと確信しています。私は久美子さんの笑顔に何度も支えられました。

私：何と言っていいのかわからないですが、2年以上前のことが走馬灯のように蘇《よみがえ》ってきています。色々お世話になったんですね。高橋さんの書いてくださった文をそのまま書こうか、でもよく書き過ぎてありちょっと恥ずかしいし、悩むところです。

侑子さん：いえいえ、書いてください！　恥ずかしいなんてことありませんよ。

私：そうですか。うーん、そうですか。

治江：人が生きていく中で、「命の恩人」と言える方に出会うことって実はなかなかないと思います。でも、母にとって侑子さんは紛れもなく命の恩人です！　侑子さんがいらっしゃらなかったら、きっと母は不安に押し潰されていたと思います。

佑子さん：ありがとうございます。嬉しいお言葉をいただいて、心が温かくなりました。

その時東京では　治江

２０１８年６月２日
６月２日、詩織《しおり》と和輝《かずき》の楽しみにしている運動会。

その朝は４時起きしていた。

早起きして張り切って６人分のお弁当を作っていた。義父母も観に来てくれる予定だったから。

目の前のカウンターに置いていた携帯が鳴った。

（何？　こんな時間に？）

まだ６時前だったように記憶している。

（あ、ママだな？　時差があるからこんな時間なんだ。あれ？　今日が運動会って話していたっけな？　頑張って、とでも言うつもりでかけてきた？）

と、色々考えながら携帯の画面を見ると、非通知と案内が。海外からだとこうなることが多いので、作業の手を休めずに肩と耳に挟んで携帯に出た。

「もしもし？　ママ？」

しばらく間があって、

「飛鳥Ⅱでお母様の旅のご案内をさせていただいております、ツアーコンシェルジュの沖原と申します」

と女性の声。

（え……？）

一瞬、嫌な予感がした。

その後、沖原さんは多分こんな感じで私に話してくださったと思う。

正直、頭の中が真っ白になってしまって、その時のことがうまく思い出せない。

「堀内様のお嬢様の携帯電話でよろしかったでしょうか。落ち着いてお話をお聞きくださいね。お母様ですが、ニューヨークを出港し、バハマに向かう途中にお身体の異変を感じられ、今、私共の船医に診察をさせております。恐らく、これから残りのご旅行をお続けいただくことは困難だと思います」

と。

信じられなかった。

（嘘《うそ》でしょう？　嘘だよね？）

「今、母はどんな状態ですか？　母と話はできますか？」

と聞くと、母が電話口に出た。

「はるちゃん？」

その声はいつもと変わらなかったが、ゆっくりと眠そうな声に聞こえた。

「大丈夫？　今状況は聞いたよ」

「うん、なんかね、変なのよ。ろれつが回らないのよ」

「わかった。心配しないで。あとのことは沖原さんとお医者様と決めるから、だから何にも心配しないで言われたとおりにしてね」

久し振りに聞いた母の声。母に話しかけた声が震えてしまい、それを必死に隠そうとした。

そしてまた、沖原さんと代わり、これから母がどうなるのか、日本で受け入れる私たち家族がどうしなければならないのかを聞いた。

「お母様をこれからバハマの病院に搬送します。恐らく脳梗塞と思われます。ドクターヘリだと脳への負担が大きいので、船のスピードを上げ、このままバハマに向かうか、もっとスピードの速いドクターヘリで搬送するか、船医と船長とで判断します。これから、また何度かお嬢様にお電話しますので、お待ちください。お嬢様は、バハマへお迎えにいらっしゃれますか?」

そう言われて、ますます頭の中がパニックになった。

(え!? バハマってどこだっけ? どこの国? 何日かかるんだろう? 運動会どうしよう? 子供たちは? 学校どうしよう?)

何だか、とにかく色々考えてパニックだった。そんな私の精神状態を電話の向こうで察したのか、沖原さんは、

「大丈夫。今日明日という話ではありませんし、お母様の意識ははっきりして

いますから、しばらくはバハマの病院で入院ということになると思います。これからのこと、一緒に考えましょう。またお電話しますね。こちらからの電話をお待ちください。大丈夫、大丈夫ですよ」

そこで、一旦電話は切れた。

その日一日、運動会を参観していても、みんなでお弁当を囲んでいても、ずっと母のことが頭から離れなかった。

母はやはり、ヘリコプターではなく、船でそのままバハマに向かうと、その後の連絡で知った。

週明けまでに、何度か沖原さんは電話をくれた。そこでの話は、主に私が母の帰国までにやらなければならないことの指示だった。

母のこちらでのかかりつけ病院に電話して事情を説明し、私が代理受診という形をとった。

かかりつけの兒浦先生は、とても親身になって話を聞いてくださり、脳神経内科の有名な病院をいくつか教えてくださった。どの病院が一番良いのかわからなかったが、兒浦先生は名前をあげた病院は、どこも立派で良い病院だとおっしゃった。次の条件として、私の通いやすさで考えた。入院したら毎日面会に行くつもりでいたので、その中でも自宅からほど近い、国立東京医療センターに決め、紹介状をいただいた。

母の帰国許可が下りたと聞いて、すぐに東京医療センターにも電話し、紹介状を持っての代理受診の予約を取った。

東京医療センターでの代理受診も比較的スムーズだった。ソーシャルワーカーさんとの面談予約もとっていただいた。ただ、一つ問題があって、帰国が夕方となった場合、その日の入院はできないとのことだった。私としては、どんな状態で帰国するかわからない母を、何の設備もない自宅に連れ帰り、一晩過ごさせるのは、もの凄く不安だった。家族に会わせたい、自宅に帰らせてあげたいという気持ちも勿論強かったが、その時は、とにかく不安のほうが何十倍も大きかったので、医療センターのT先生に何度も何度も頼み込んだ。何とか帰国した日にそのまま入院させてもらえないかと。

先生曰く、夕方は日勤と夜勤の看護師さんが交代する時間で申し送りなどもあり、手薄になるからその時間帯は入院は不可ということだった。それは理解したけれど、それでも必死に頼み込んだ。

結局、T先生が根負けして、脳神経内科の偉い先生に掛け合ってくださり、特別に17時半までに病院に入れれば、入院を許可してくださるということになった。

母の帰国は6月13日の15時過ぎ頃。渋滞にはまらなければギリギリ間に合う計算だった。あとは渋滞してないことを願うしかない。

日を改めて、ソーシャルワーカーさんと面談のため、医療センターを訪ねた。担当してくださったKさんは、とても親切な方で、私はそこで、泣いてしまった。Kさんは私が落ち着くまで待ってくれ、帰国までにやらなければならないことをゆっくり丁寧に教えてくださった。

まず、大至急しなければならないことは、介護認定を取ること。認定が下りるまでには時間がかかるから、すぐに始めなければならなかった。母が医療センターにお世話になっている間に、介護認定士さんに訪ねていただき、面談。母が要介護の何度なのかの判定をしてもらう。そして数日後に介護認定審査会が開かれ、審査に通って初めて介護保険の承認が下りる。

でも、介護認定士さんとの面談予約等の手続きはそこではできず、下高井戸の松沢あんしんすこやかセンターまで出向いた。そして介護保険に必要な一連の手続きをした。それ以外にケアマネジャーさんを決めることもしなければならないと知った。

とにかく知らないこと、わからないことだらけだったけれど、戸惑っている時間もなかった。「どなたかお知り合いにその関係の方がいらっしゃれば、頼ると良いですよ」とアドバイスを受けた。そこで、娘のお友達のママで、看護師さんをしている田中さんに相談した。田中さんは、本当に親身になって話を聞いてくれ、我が家からほど近くに事務所を構えていらっしゃる山西香代子さんを紹介してくれた。そして山西さんとやりとりをさせていただき、正式に母の担当ケアマネジャーさんとしてお願いすることになった。

　穏やかで物腰の優しい山西さんとは、ずっと長いお付き合いになるのだろうな……とありがたく思った。

東京医療センターに入院

日本では、羽田までこうちゃん（治江の夫）が迎えに来てくれていた。そこからは、医療タクシーで東京医療センターに向かった。

そこに、入院手続きを終えた治江が待っていた。私は涙が止めどなく出たが、治江は泣いてはいけないと、必死に明るく振る舞っていた。しかし、どんなに心配したか、その顔が物語っていた。色々話す間もなく、私だけＭＲＩと血液検査に連れていかれた。その間、高橋さんからこうちゃんと治江は今までの経過を聞いたそうだ。

検査が終わり、８階の病室に連れていかれた。高橋さんも一緒に来てくれ、深く深くお礼を言って別れた。その時メール交換をしたそうだ。

その夜は遅くまで治江たちが付いていてくれた。この時、治江が、

「私が手や足になるよ、心配いらないよ」

と言ってくれて、私はまたまた泣いた。

2日目からリハビリが始まった。言語療法だけは療法士さんが部屋に来てくれ、約1時間やった。

さぁ、しぁ、すぁ、せぁ、そぁ

さぃ、しぃ、すぃ、せぃ、そぃ

さぅ、しぅ、すぅ、せぅ、そぅ

1時間、そんな発音の訓練をしていて、少しずつ自分の発音が変だと再度感じてきた。飛鳥で自覚した、ろれつが回らないことを今まで気にしてなかったのだ。治ったような気になっていたが、この言語療法のリハビリで「ハッ」としたのはなぜだろう。必死でやらなくては、と思った。

足のリハビリは、ひたすら歩きの訓練だった。手のリハビリは指の筋肉が動くように、お手玉を使ったり、紙をくしゃくしゃにしたり、テーブルを拭く動作など、多種多様だった。同時に脳の状態を調べたり、訓練するリハビリもした。これらの理学療法と作業療法は1階の大きなリハビリ室でやった。そこまで行くのに、初めは車いすで、後半は歩行器で行った。

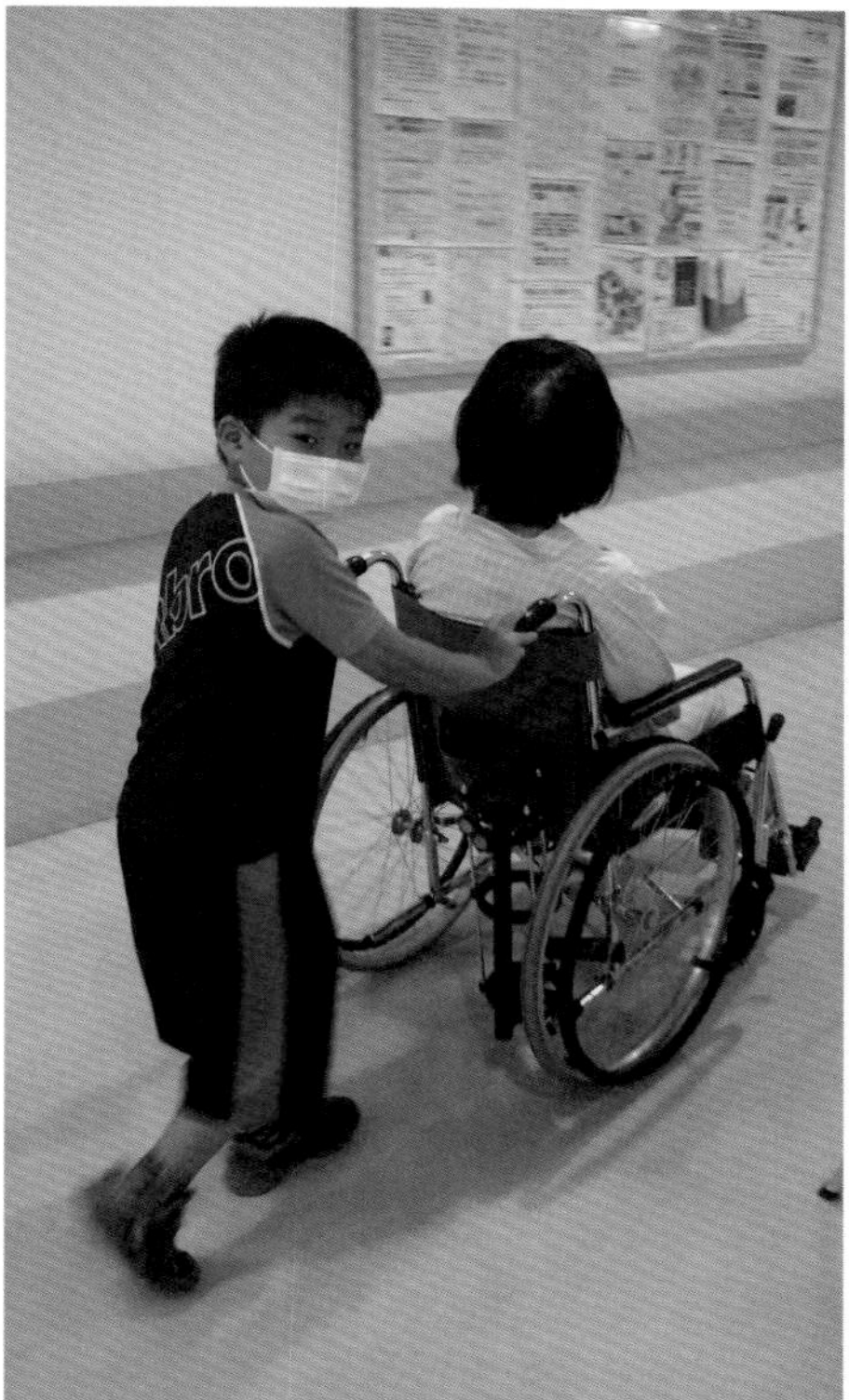

移動を手伝ってくれる孫

最初は迎えに来てもらったが、あとは一人でエレベーターで降り、長い廊下を一人で行ったと記憶している。

1日に、3種類のリハビリと3度の食事、それにお風呂、と忙しかった。治江は毎日顔を見せたが、ろくに話せない日もあるくらいで、夜電話で心を通わ

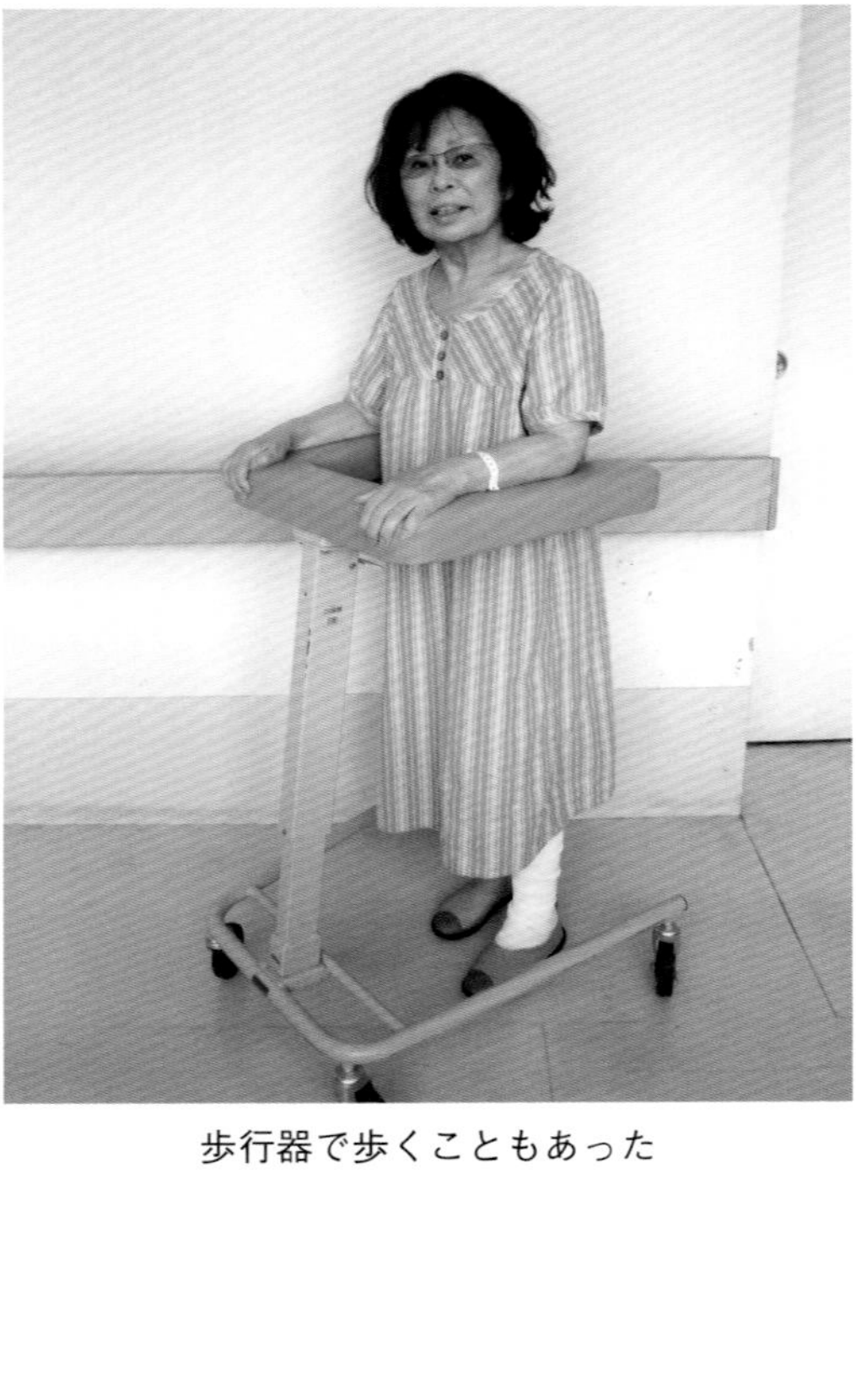

歩行器で歩くこともあった

せた。日曜日は、しーちゃん、カズ君、パパ（こうちゃん）も来て、ゆっくり話ができた。二人の孫は私が歩行器で歩いたり、手が動かない様子を見てショックを受けていた。

食事は普通の病院食で、バハマと大違いだった。ここでもとろみ剤はついており、本で調べると、脳梗塞の症状の一つに「誤嚥《ごえん》」が挙げられていた。気管に飲み物や食べ物が入って誤嚥性肺炎を起こすと書いてあった。病院でも同じことが言われ、「飲み込む時は下を向いて」と指導された。同様のことが2週間続き、6月28日、一応治療が終わったので、リハビリ専門の病院に移ることになった。これも治江が決めてくれた。新宿初台のリハビリテーション病院（東京で有名な病院で、長嶋茂雄さんが入院したことでも有名）という病院だ。この時も治江の運転で病院に向かった。

母の帰国　治江

母を迎え入れる日、夫が仕事を休んで空港まで迎えに行ってくれた。母にはエスコートナースという肩書きの看護師さんがバハマから東京医療センターまで付き添ってくれることになっていた。その方と母を迎え入れ、医療タクシーという専用のタクシーで搬送してもらった。

こんなに手厚く、安全な環境で母を搬送できたのは、母が海外旅行保険に加入して旅に出たからだった。そうでなければ、本当に私がバハマまで迎えに行くことになっていたかもしれない。

保険会社に連絡をして、経緯を話すと、それは親身になって話を聞いてくれ、ほんの少しの疑問もないように説明をしてくれた。色々難しく、ややこしく、何度電話をしたかわからない。でもその度に懇切丁寧に教えてくれた。

保険が適用する期間は１８０日間。いずれにせよ、かかったお金の請求は、母の脳梗塞発症から１８０日間にかかった費用なので、まだまだ手続きは先の話。一生懸命メモって、半年後にスムーズな手続きができるようにしなくてはならなかった。

母が帰ってきた！
東京医療センターで入院の手続きをし、正面玄関の前で母を待った。
（笑顔笑顔笑顔、泣かない泣かない泣かない……）
心の中でずっと繰り返して待った。
車いすに乗った母の姿が見えた時、まずは本当に心からホッとした。
でも、母の顔は暗く、不安に押しつぶされそうな表情だった。
駆け寄って最初に、
「お帰り！　久し振り！　なんだ、思ったより元気じゃない！」
と言った気がする。最初にどう話しかけようかと色々考えた末、普段と変わらない素振りで迎えようと決めていた。とにかく、母の不安を少しでも軽くしてやろうと、いつもの感じを出そうとしたのは覚えている。

初台リハビリテーション病院に入院

一般病室に空きがないから、空くまで個室に入った。初日に、

・主治医

・リハビリ担当者3名（理学療法・作業療法・言語療法）

・栄養士

など、7〜8名がずらりと挨拶に来てくれてびっくりした。

食事は部屋に運んでくれるかと思ったら、意外!! 食堂でみんなと一緒だった。

おしゃべりしながら食べるのがリハビリの一つらしい。食堂に行ってびっくり、色々な症状の人がいて、私は杖をついて歩く程度だが、見た目一番軽いほうで、かなりの重症者もいた。

食事内容は前もって選択することができ、和食、洋食と分かれていた。私は朝食は大方洋食を選んだが、夕食は和食がほとんどだった。和食と言っても生ものがあるわけでもなく、普通の病院食。

娘と一緒に個室で

リハビリは初日から

午前に入院して昼食をはさみ、午後はびっしりリハビリだった。足、手、口とリハビリの内容は医療センターに似ていたが、何やら近代的な機械もあちこちに見られた。

足――この頃一人で歩けるのは10メートルくらい。杖か歩行器で歩いた。何とか一人歩行できるようにリハビリをした。

右手――固く握りしめ、胸にくっついていた。そっと外してそっと手のひらを開いて揉むのが初日。

口――人にはわからないらしいが、相変わらずろれつが回らない。

あえいうえおあお

あっかんべー

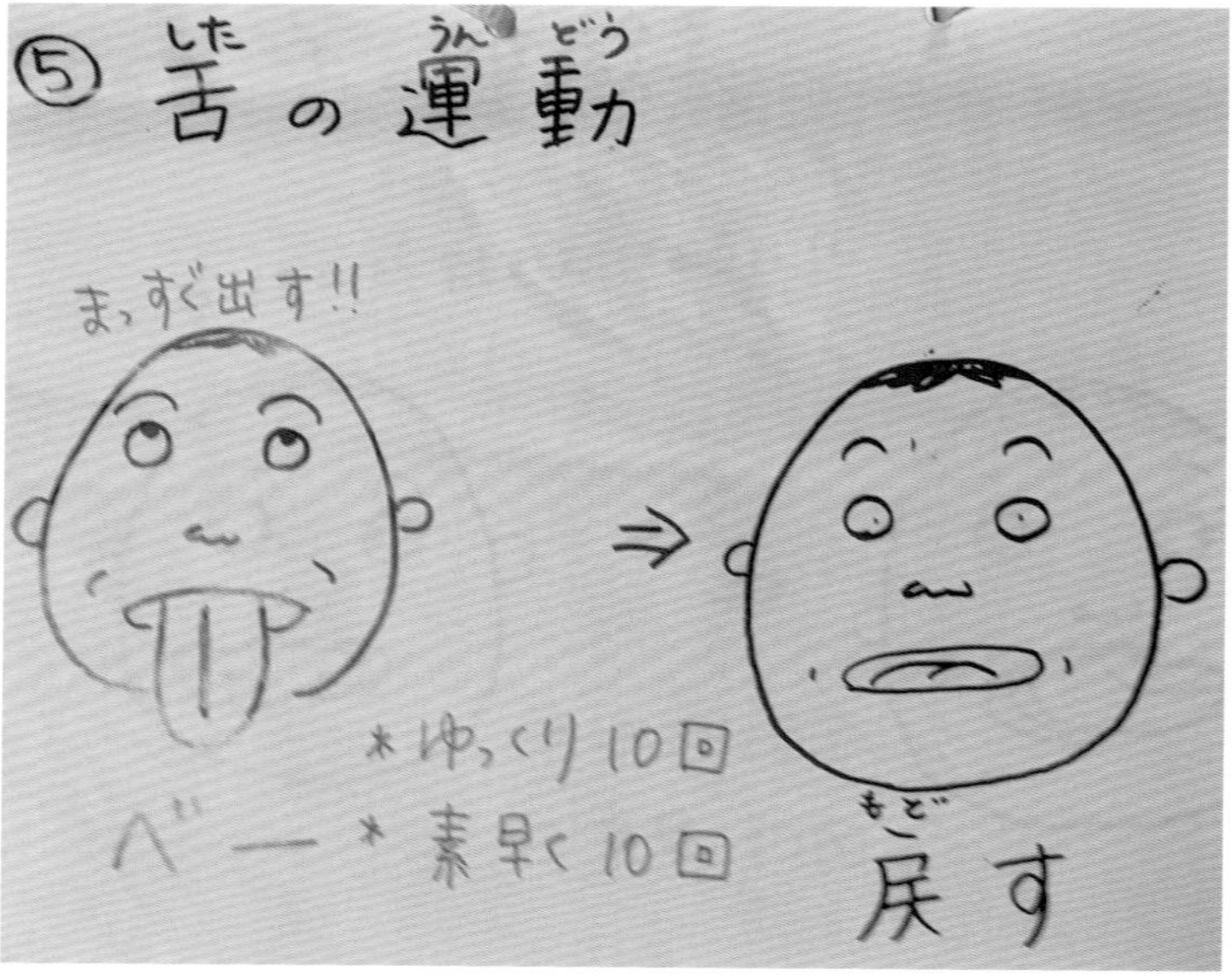

舌の運動のメニュー

舌回し
頬膨らまし
長文音読
など、1日何回もやるように勧められる。

2日目か3日目、長嶋さんに会った。もう発症から14～15年経っているが、ほぼ毎日欠かさずリハビリしているそうだ。8階に2つの特別室があり、その1つが長嶋さんの部屋らしい。
「こんにちは」

と声を掛けたら、

「よぉ!!」

と軽く手を挙げてくれた。

1週間くらいで一般病室が空いて引っ越しをした。

この病院の素晴らしいところ。
・右手の不自由な人の部屋、左手の不自由な人の部屋と分かれていること（ベッドの向き、トイレの手摺り、ペーパーのついている方向が違うのだ）。
・朝起きたら、きちんと着替えなくてはならないこと。寝巻のままではいけないということ。
・食事はみんなと一緒にしゃべりながら食べること（いつの間にか、これらがリハビリになっている）。
・リハビリに365日休みがないこと（土日も祭日もリハビリには関係ないのだ）。

リハビリのために転院　治江

東京医療センターでお世話になり始めて数日経った頃、またケアマネジャーさんとの面談をした。

今度は、この後お世話になる病院を決めて、手続きをしなければならないことを知った。しばらくこの病院でお世話になるとばかり思っていたので、最初は追い出されてしまうような気持ちになったが、それは違うということをその時知った。初期治療をする東京医療センターでは、母にとって十分なリハビリが受けられないというのだ。

脳梗塞の進行を止められた今、なるべく早くリハビリに特化した病院に転院するべきとのことだった。

医療センターへは時間を見つけて毎日見舞いに来ていた。だから、次の病院

を決める時も、私の中では、
①充実したリハビリを受けられる設備があること
②私が通いやすい
が絶対条件だった。

いくつか病院を紹介してもらい、新宿の初台にある「初台リハビリテーション病院」にしようと決めた。ここなら車で片道30分くらいで通えるし、何より、ここでリハビリを受けたいという人が全国から来ていると聞いたのが、ここに決めたいと思った一番の理由だった。

ケアマネジャーさんから話を通してもらい、段取りができたと連絡があってすぐに初台リハビリテーション病院を訪ね、色々お話を聞いた。

流石に有名な病院だけあって、その時点では4人部屋が満床、個室は空いているが、1日ごとにビックリするような金額だった。でも、どうしてもどうしてもここの病院でリハビリを受けさせたかったので、決めてしまった。

4人部屋が空くのを待っていたら、何か月も待たないといけないそうで、その間、他の病院に入院させて、初台が空き次第ということは手続き上、できないと言われた。個室に入れば、４人部屋が空き次第、優先的に転床させてくれると約束してもらった。

その後、思い立って保険会社に電話してみた。個室にした場合、保険会社に請求できないと知っていたけれど、藁《わら》にも縋《すが》る思いでかけてみた。

最初は無理だと言われたけれど、何度も何度もお願いしたら、

「病院から、大部屋が空き次第転床するということを一筆もらってください。であれば今回は特別に保険でお支払いします」

と言ってもらえた。

本当に有り難かった。ダメ元だったけれど、必死感が伝わったかな、と思う。

それから、母の初台での入院生活が始まった。

毎日充実した素晴らしいリハビリを受けさせてもらえ、

「やっぱりここに決めて、本当に良かった!!」

と思えた病院だった。

後々、とてもお世話になった保険会社の担当の方に、実際どれくらいの費用がかかったのか、保険でどのくらい賄ってもらえたのかを参考までに聞いてみた。すると、

「バハマの病院費用や、搬送にかかった費用、日本に戻られてから、発症から180日間で、おおよそ1千万くらいですかね?」

とサラッと言われた。

鳥肌を立たせながら、旅行保険に加入して旅立った母に感謝をした。

外泊

飛鳥Ⅱが世界一周を終えて横浜港に帰ってくるという日、7月4日の前日に、外泊することを申し出た。許可は下りたが、3日は午前中にリハビリをすべて終わらせ、お昼を食べてから出ること、2日目は病院に帰ってからリハビリを全部やること、という約束だ。リハビリは1日たりとも休んではいけないという決まりだ。

懐かしい我が家。夕食には刺身、お寿司がたっぷり出た。病院では生ものは出ないから、久し振りに堪能した。

翌、7月4日はこうちゃんは仕事を休んで車を出してくれた。船長以下、お世話になった方々にお礼を言い、元気な姿を見せたい一心だった。それが終わって、治江とこうちゃんは船室にそのままになっていた荷物の片付けをやること、2人で2時間以上頑張って大型トランク2個と段ボール8個になった。行きは段ボールは3個だったのに。

船長にお礼を言う前に、「堀内さーん!!」と駆け寄ってくれたのは黒澤さんだった。2か月以上あんなに仲良しだったのに、あの日、急に会えなくなって、電話しようにも船の中ではできなくて、凄くすごく会いたかったのだ。彼女も涙を流さんばかりに「寂しかったー」と言ってくれた。会えて本当に良かった。

伊藤さんは、翌日神戸で下船する人だったから会えなかった。残念だった。

当日、5階の下船口は多くの人がごちゃごちゃしていたので、横浜港で降りる人以外は船室でゆっくりしていたのだと思う。2か月以上一緒に過ごし、仲良くしてくれた多くの船友にも会え、心から心配していた友もいて、皆本当に安心してくれた。やっぱり、来てよかった。船でランチをいただいて、東京の新宿初台へ帰った。帰り着いたのは午後4時くらいだっただろうか。

病院のスタッフたちは、

「外泊してきて満足した顔だね」

と言って迎えてくれた。その後、3つのリハビリをこなし、充実した7月4日、5日を終えた。

泣けて泣けて

ある朝、明け方から無性に悲しくなってきて、一日中泣いて過ごした。その日の言語療法は泣いてできなかった。

足のリハビリはちょうど見習いの研修生が来ていて、Yさん（担当の理学療法士さん）と二人で散々笑わせようとしてくれたが、ダメで結局はじっくり話を聞いてくれることになった。別に話というほどのことはないが、何だか何もできないのが情けなくて、悲しいだけだ。まだ腹が据わっていないだけだったのだ。

周りを見渡せば、そんなこと言えない、泣く場合じゃないこと、百も承知のはずなのに。

「時々そんな人がいるよ。いいからいいから、泣きたいだけ泣いて、明日は元気にリハビリしようね」

と部屋へ送ってくれた。いっぱいいっぱい泣いて、その日で泣くのはお終いにした。

夕方、治江が来て、私の真っ赤な目を見て、

「どうしたの？」

と聞くので、

「何にもできないし、情けなくて、止めどなく泣けてきて、皆さんに迷惑をかけた」

と答えた。すると治江が、

「何言ってんの？　ママはとても上達してるよ。色々思い出してごらん。初めは一日中パジャマを着て過ごしていたよ。今は一人で下着も着けられるし、上

着も着られて、ズボンも穿けて凄いじゃないの。私は初め、『ママの手足になる』と言ったけれど、今は何にもしてあげてないよ。一人で何でもできてるよ。初め、テーブルの上にも上げられなかった手が、今は立派に乗せて、左手で食事できている。凄い凄い上達よ。

何ができないと、できないことを数えるよりも、できるようになったことを数えるようにしたら？ よく頑張って偉いよ、ママは」

と励ましてアドバイスをしてくれた。

そうだ！　これからはできるようになったことを一つひとつ書くようにしてみよう。と心に決めたのは、この日のこの時である。

娘はいつも私を励ましてくれた

8月中旬までにできるようになったこと

・字を左手で書ける（日記を毎日書いたが、凄く汚くて読みにくい。何があったか、誰と会ったかだけ書いていたので、症状を書いておけば良かったと後悔）
・ご飯を左手で食べている
・左手で電動歯ブラシを使って歯磨きができる
・下着、上着、ズボン、靴下が一人で着られる
・両手でボタンを掛けることができる
・お化粧ができる
・ダンスができる（まだ先生とは踊ってないが、一人でステップが踏める）
・左手をフルに活用できての結果で、右手は少しずつ助手をできるように

なってきた

8月中旬に退院するように言われたが、せめて8月末までと治江が頼み込み、やっと許された。8月31日、卒業証書をもらって、みんなに見送られ、初台リハビリテーション病院を退院した。

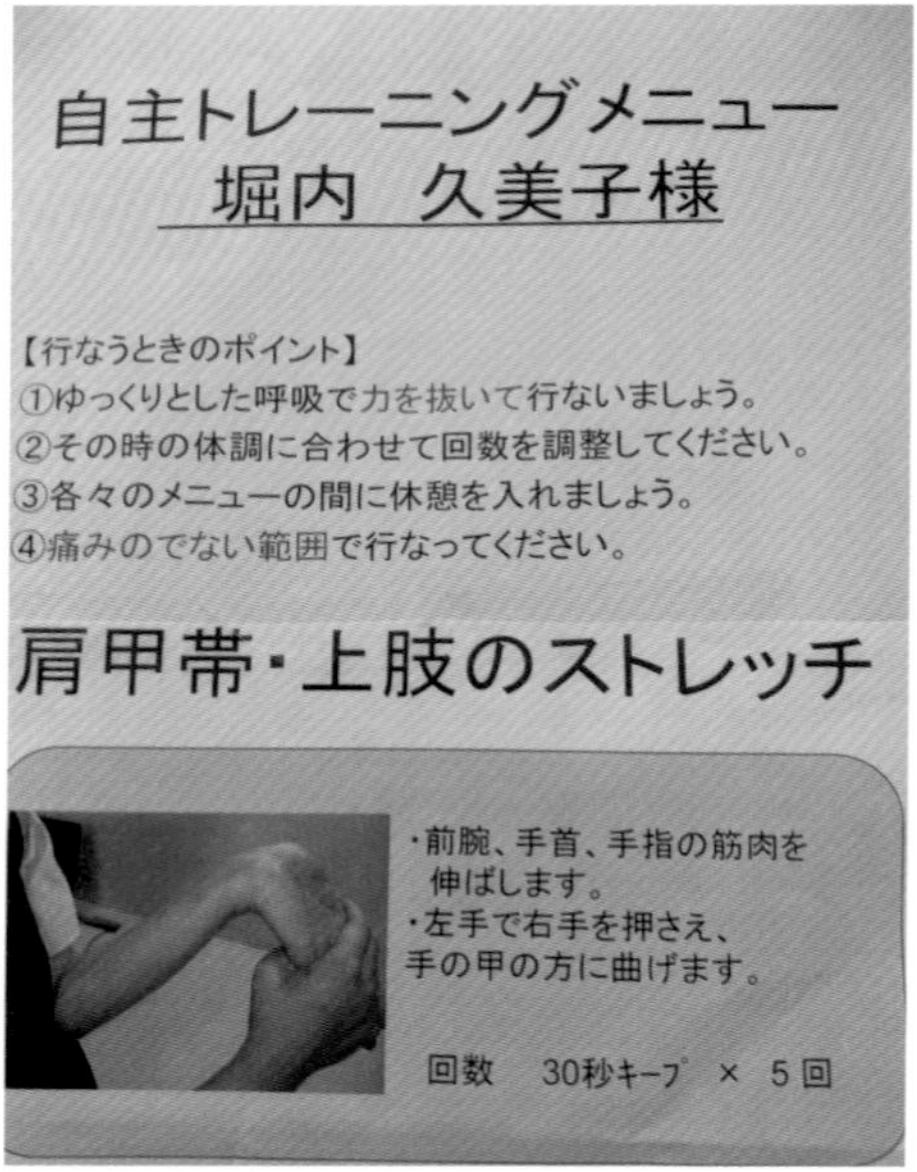

自主トレーニングメニュー
堀内　久美子様
【行なうときのポイント】
①ゆっくりとした呼吸で力を抜いて行ないましょう。
②その時の体調に合わせて回数を調整してください。
③各々のメニューの間に休憩を入れましょう。
④痛みのでない範囲で行なってください。
肩甲帯・上肢のストレッチ
・前腕、手首、手指の筋肉を伸ばします。
・左手で右手を押さえ、手の甲の方に曲げます。
回数　30秒キープ　×　5回

退院するときにもらった自主トレメニュー

9月2日、成城にある分室に週3通うことに決定

9月から初台の分室、成城リハケア病院へ週3回通うことになった（治江の送迎で）。療法士さんの制服も初台と同じ、スタッフも初台と入れ替わりもあり、知っている療法士さんも何人かいた。

やってくれることもほぼ同じで、何だか安心した。そのうえ、10月になると初台で散々お世話になった作業療法士さんのKさんが移動してきた。嬉しい、だが、少し不安なのは、これまでの初台は日曜祭日もない365日のリハビリだったのに、ここでは月水金の1時間だけ。日曜祭日はお休みということ。そこで、ケアマネジャーさんに相談して、ここと並行してワイズ・パークという施設にも通うことにした。

ワイズ・パーク芦花公園

その年の10月中旬から、成城分室と並行して通うことにした。
週5回（月火水金土）通うことにした（午後だから他のリハビリとぶつからない）。

ワイズ・パークの内容（実質3時間）

・午後2時過ぎ頃車で迎えに来る
・体温、血圧を測る

集団体操
（手が上に上がらなくて、つらい、悲しい。上げることを課題にする）
・口の体操、舌回し。表情筋を使ってあいうえお等、10分以上やる

・音楽に合わせて体操（10分くらい）

マシーン運動

（8種類くらいのマシーンがある）

・スクワット

・両手を上に（入会後しばらく上がらず、毎日少しずつ頑張って半年くらいで上まで上がるようになった）

・腿開き

・腿上げ

・ロープ引っ張り（毎日頑張り、2か月くらいで上に上がるようになった）

パーソナル

一人一人に合わせたメニューをやってくれる。これは私にとって最高の内容であり、時間だ。

平行棒を使って足の筋肉強化

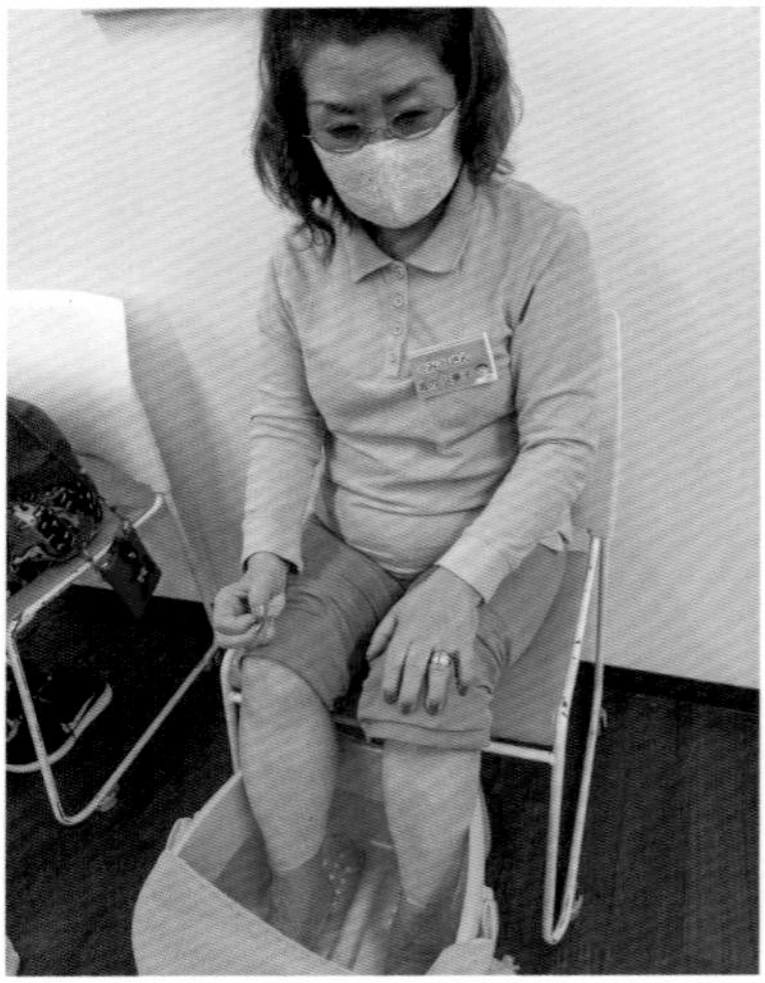

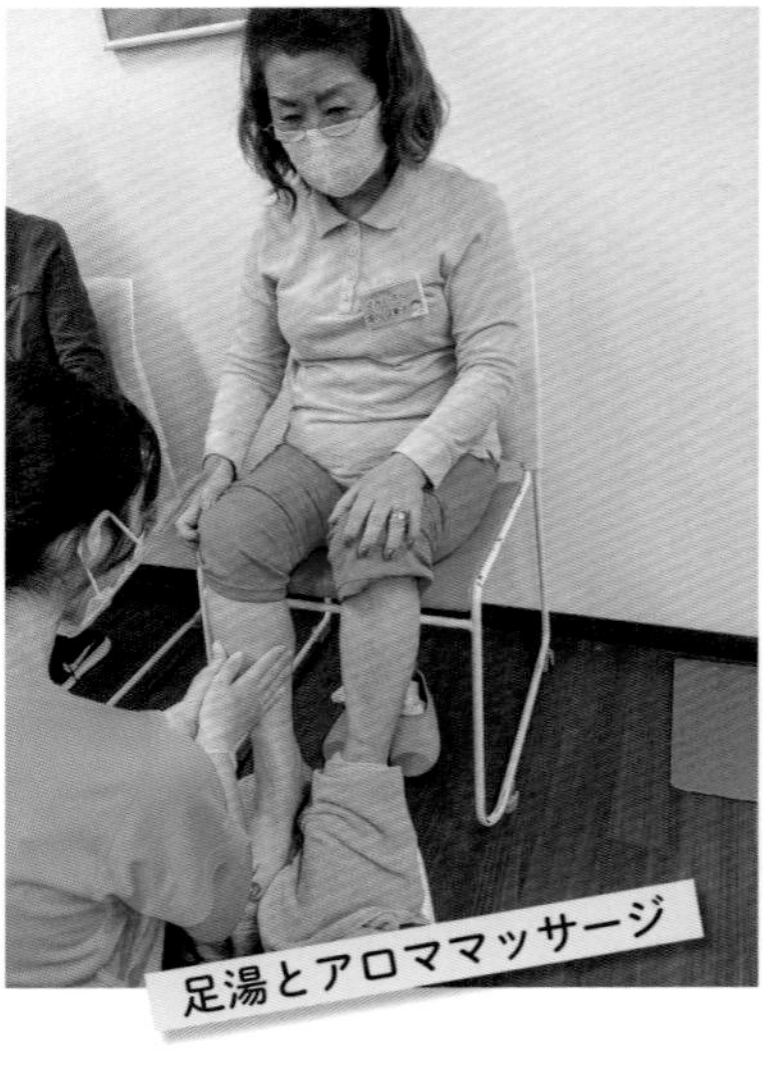

足湯とアロママッサージ

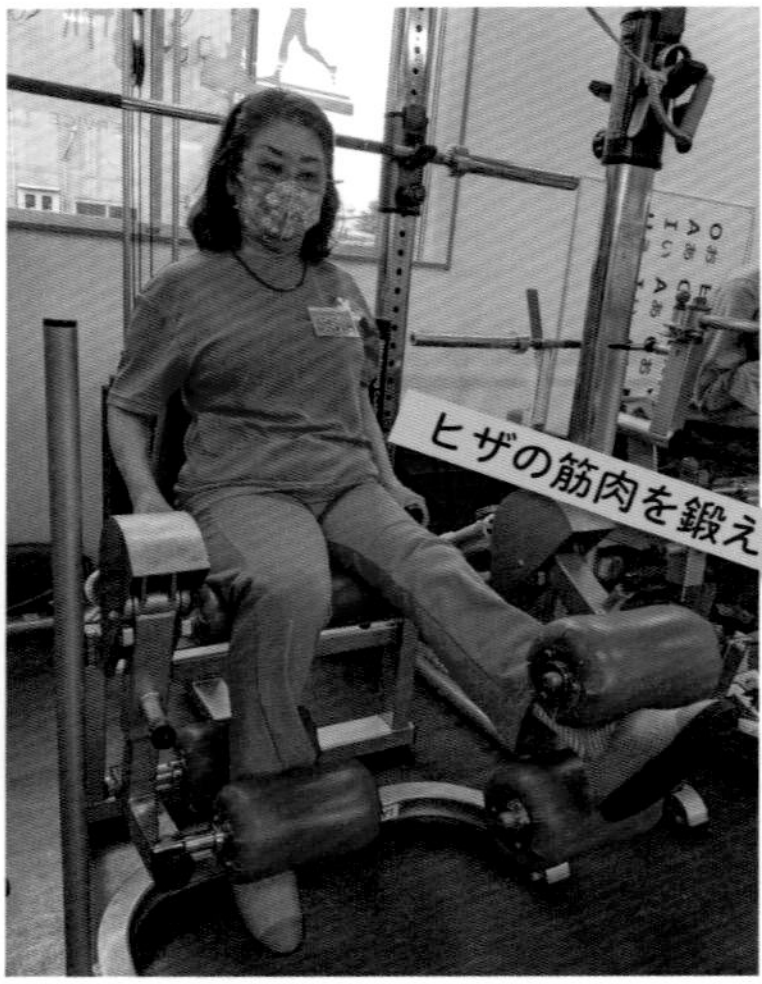

ヒザの筋肉を鍛える

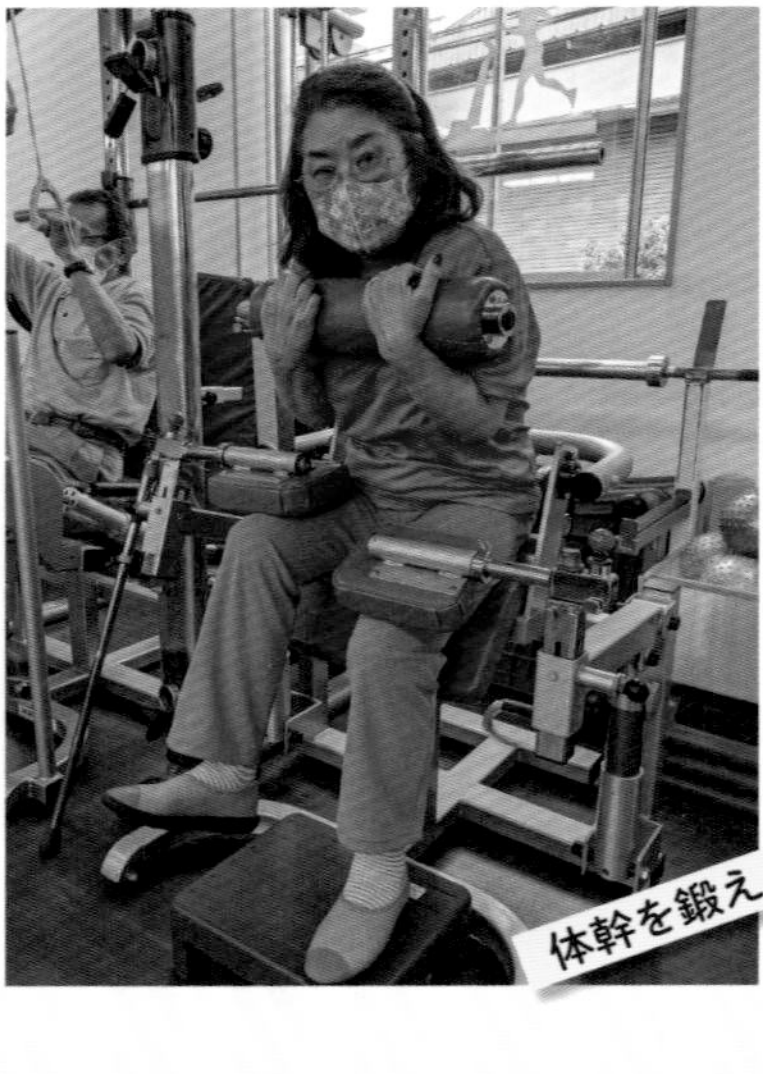

体幹を鍛える

筋肉をつけるための運動をいくつかやるが、最後にバランス感覚をつける片足立ちをやらされる。これだけは私の得意分野で、左右それぞれ10秒ずつつかまらないで立つことができる。

有酸素運動

ウォーキングマシーン、バイク類。

足湯とアロママッサージ、足指じゃんけん

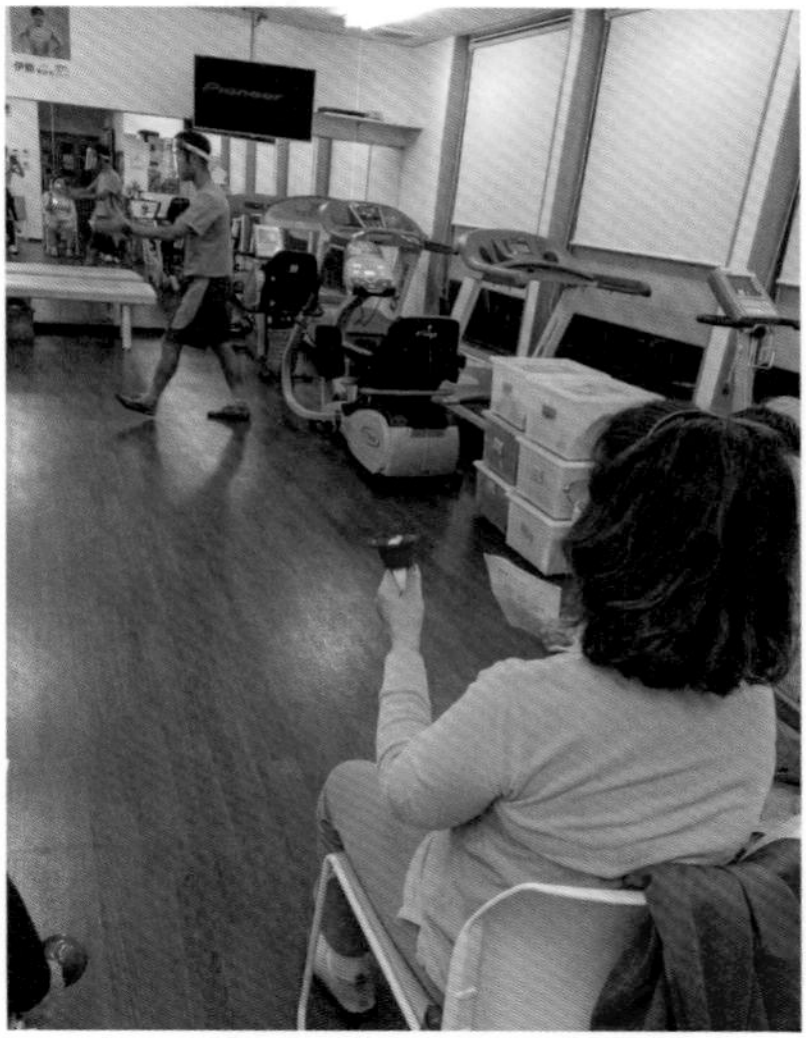

ハンドベルの様子（ベルを右手で振れないので左手で）

温かいお湯に10分間足をつけて、その後アロママッサージ。気持ちよくて一番癒やされる時間だ。その後、スタッフと足指じゃんけん、右手右足が勝ちとか、右手左足が勝ちとか、脳を使うじゃんけんだ。飛鳥で毎日ストレッチしていた時に足指じゃんけんしたのを思い出した。

ハンドベルと歌で脳トレ

脳トレは、その月の歌が決まっており、1列に並んで、階名ごとに今日は私は「ソ」とか「ミ」とか決まる。楽譜を見て、階名で歌い、足でテンポをとったり、手はリズム打ち、足はテンポ、口は階名というふうに3つのことをやる（マルチタスク）等、かなりの脳への刺激となる。それからハンドベルの演奏に移り、最後に大きい声で母音唱（母音のみで歌う歌唱法）をして、その月の歌を斉唱する。

最後には5本締め

最後の5本締めは、1回目は右手と左手の指1本ずつ、2回目は2本ずつ、3回目は3本ずつ……それを5本までやるのだが、3本の時が今でも難しい。

これで、さようならの午後5時半になる。送ってもらって家に着くのが6時前後。いつもお風呂が沸いていて、すぐ入れるのがありがたい。

というわけで、とても楽しくリハビリ効果の高いワイズ・パークは大好きで今後も通い続けていきたい。

東京リハビリテーションセンター梅丘

我が家から1キロメートル以内のところにできた、8階建ての大きなリハビリセンターだ。しかも成城分室が3月に終わらされて、ここが4月にオープンとは、なんてラッキーなのだろう。しかし、あまりにも希望者が多くて、今のところ週2回まで通え、朝お迎えに来てくれる。帰りももちろん同じ車だ。内容は1階で集団体操とマシーン運動。最新のマシンが10台くらいあって、自分

足の力をつけるマシン

手足を鍛えるマシン

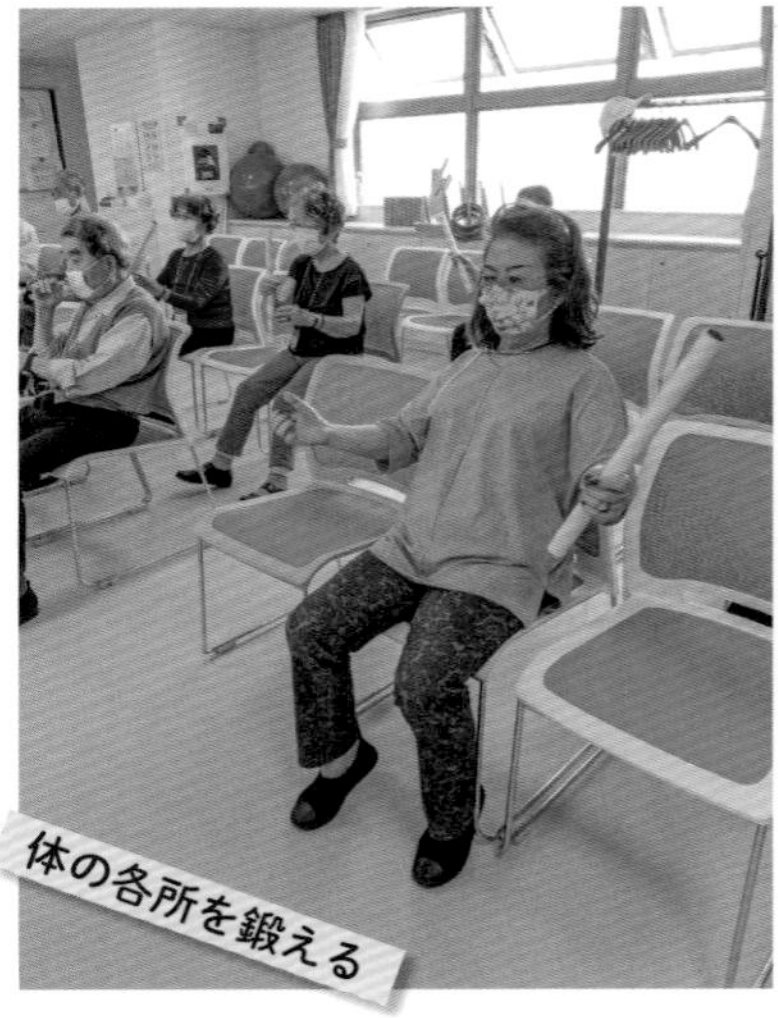

体の各所を鍛える

ゴムで腕を鍛えている

梅丘水曜日の仲間とコーヒータイム

の好きなようにやって良い。マシーンを10時くらいに終わらせて、廊下をウォーキングすると、長くて真っすぐだから歩きやすい。10時半になったら8階に移動してゴムを使った運動と棒を使った運動、それと脳トレをしばらくやる。

これらと並行して、ウォーターベッドを順番に。これの気持ちいいこと。一番強いターボにしてもらって眠ったり、口パクで歌を歌いながら、気持ちよさを味わう。

ここの8階では富士山がきれいに見える。特に冬は雪化粧した姿が素晴らしい。再び1階に降り、売店でコーヒーを淹《い》れてもらい、みんなで談笑しながらブレイクタイム。そろそろ車の時間だ。精一杯やって、仲間も楽しくてなかなかグッド。3か月に1回、色々な脳の検査や体力検査がある。今のところ、知能の方は100点。体力のほうも順調に伸びている。

膝と手の手術

2019年8月26日。

「あいたたた……また外れた！」

凄い激痛。前から痛めていた左膝の関節が脱臼するようになった。

1日に5～6回、車から降りようとした時や、しばらく動かさなかった時、急に立とうとした時等に起こった。

だましだまし治していたが、整形外科で関節の取り換えしかないと言われ、悩みに悩んだ末、手術に踏み切った。人工関節に取り換えるのだ。
8月26日、手術は行われ、無事成功したが、左膝は当分の間、傷の痛みに悩まされた。
それから3か月後、なんと左手も手術することになった。手根管症候群という、手首のところに、管があり、その中を細い腱と神経が通っているのだが、その手根が狭くなり、しびれや痛みが出てくる病気だ。その通り、痛みも増して、しびれも強くなり、切って手根管を開くという手術を決行せざるを得なかった。
右足の麻痺→左足の負担に
右手の麻痺→左手の負担に
症状は異なっても、同じく左の

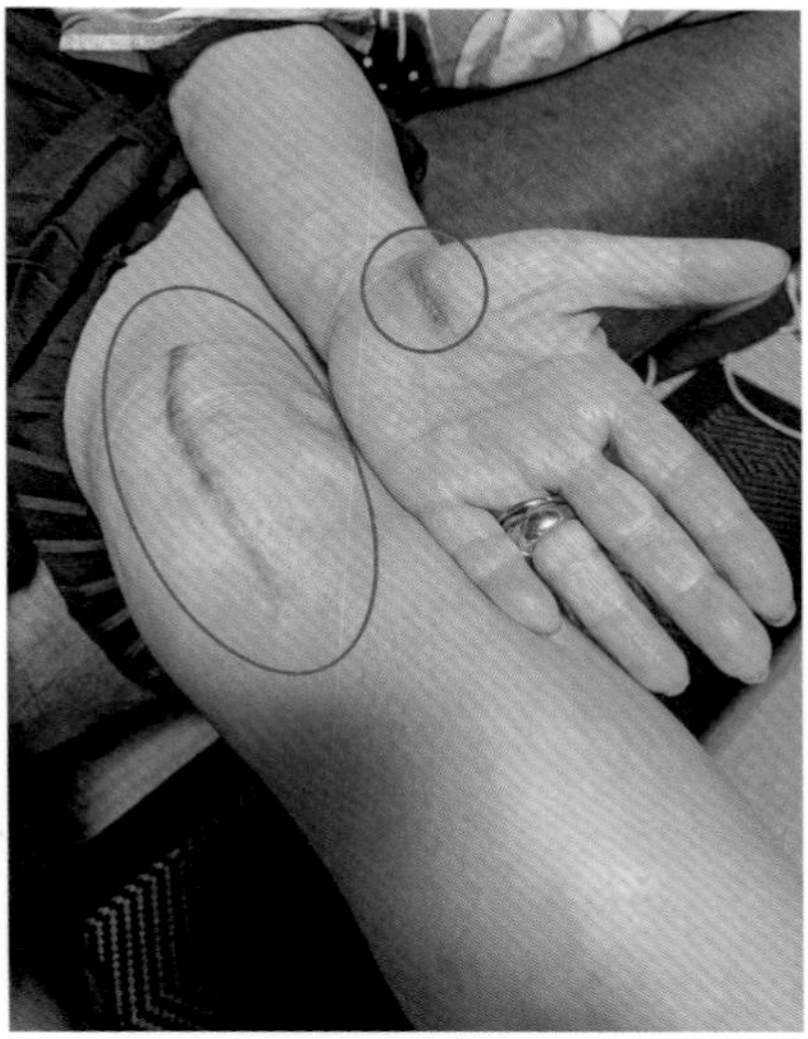
左膝と左手のひらの手術の痕

手と膝の手術になったわけだ。リハビリはかなり遅れて、1年以上経過した最近、やっと傷の痛みから解放された。特に膝のほうは「日薬《ひぐすり》」というものに期待せざるを得なかった。

毎日の家でのトレーニング

・字の練習（日記を相変わらず書いているが、時々右手を試みる程度）
・右手で食事（少しずつ時間を増やしてきた）
・かかとの上げ下ろし50回
・足指のグーパー20回ずつ
・ぶら下がり健康器2～3回
・足のぎったんばったん（友達にいただいた健康器具）

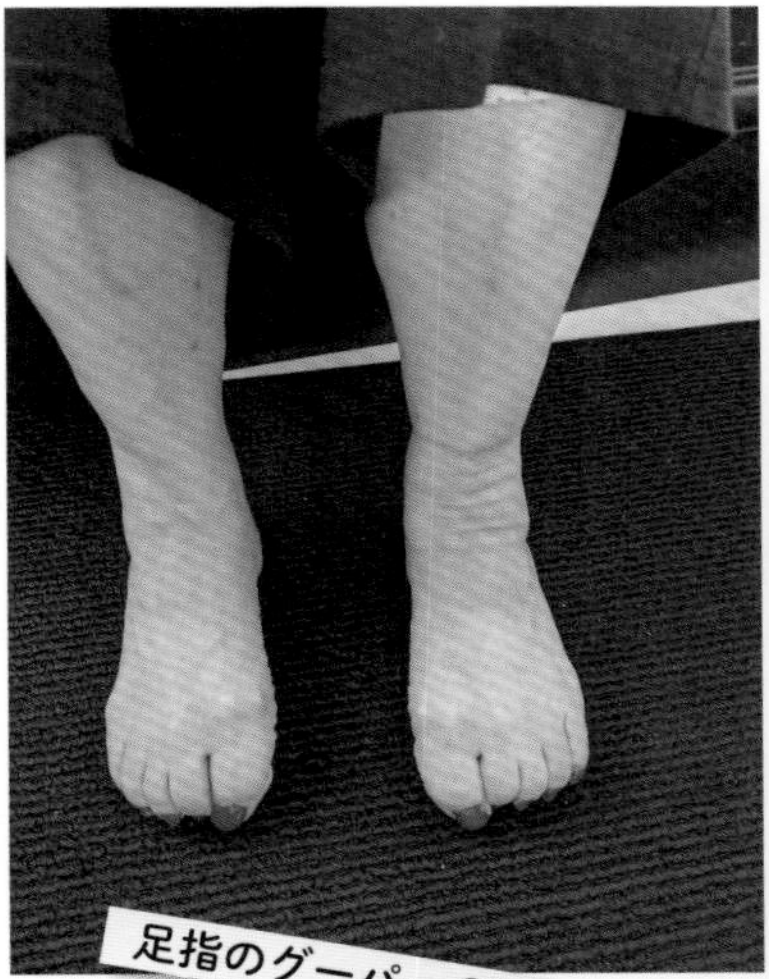

足指のグーパー 20回ずつ

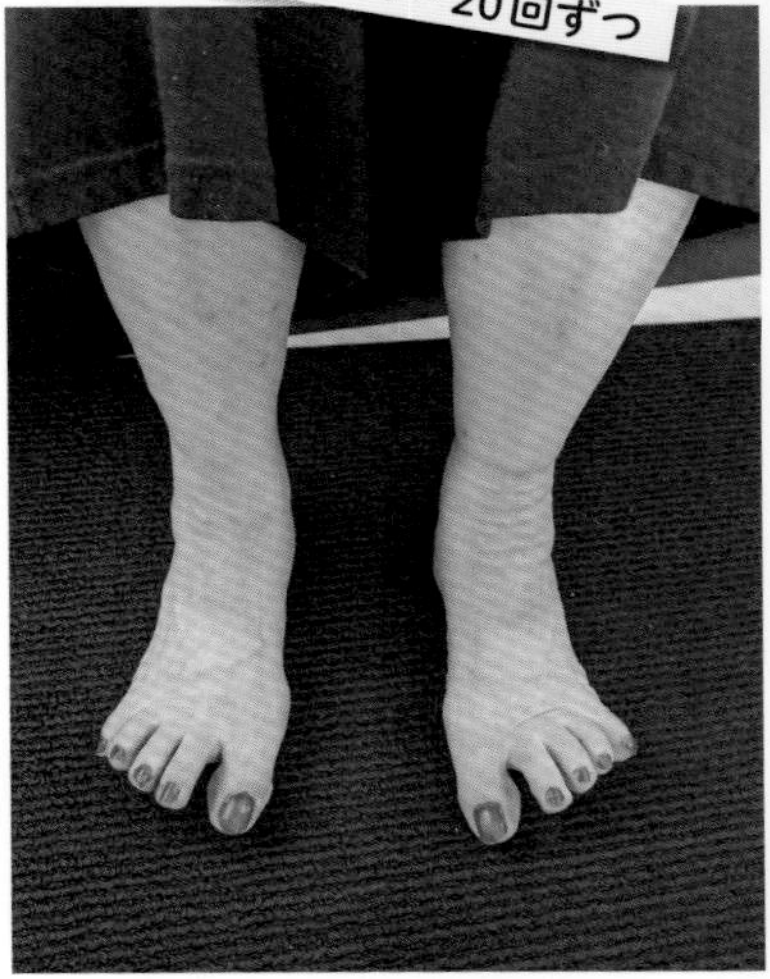

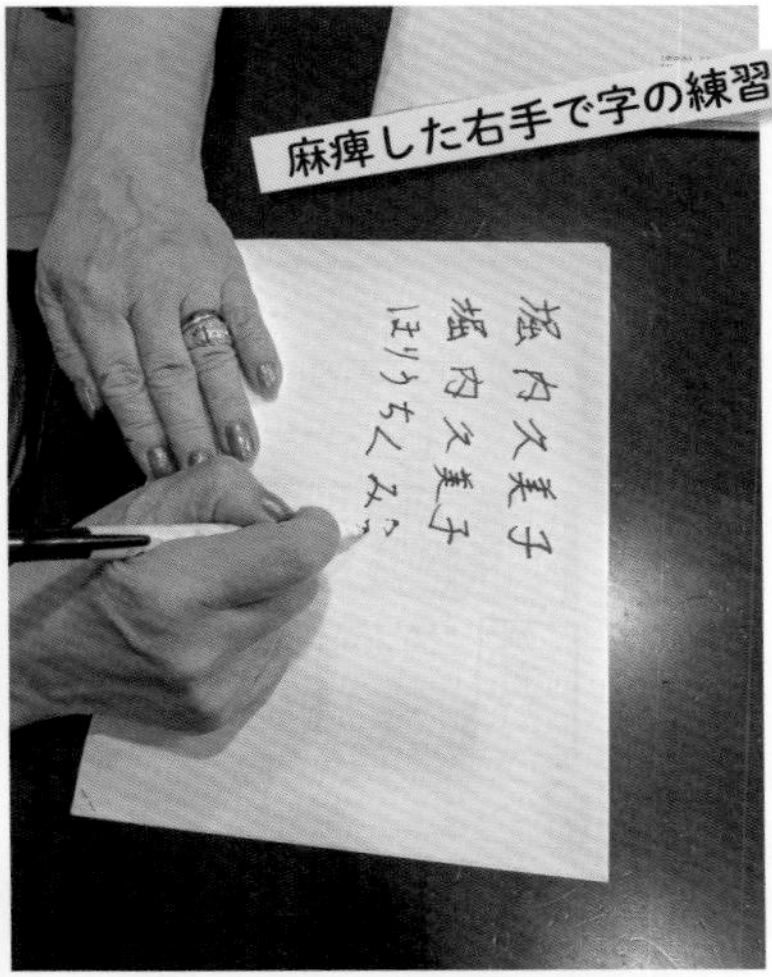

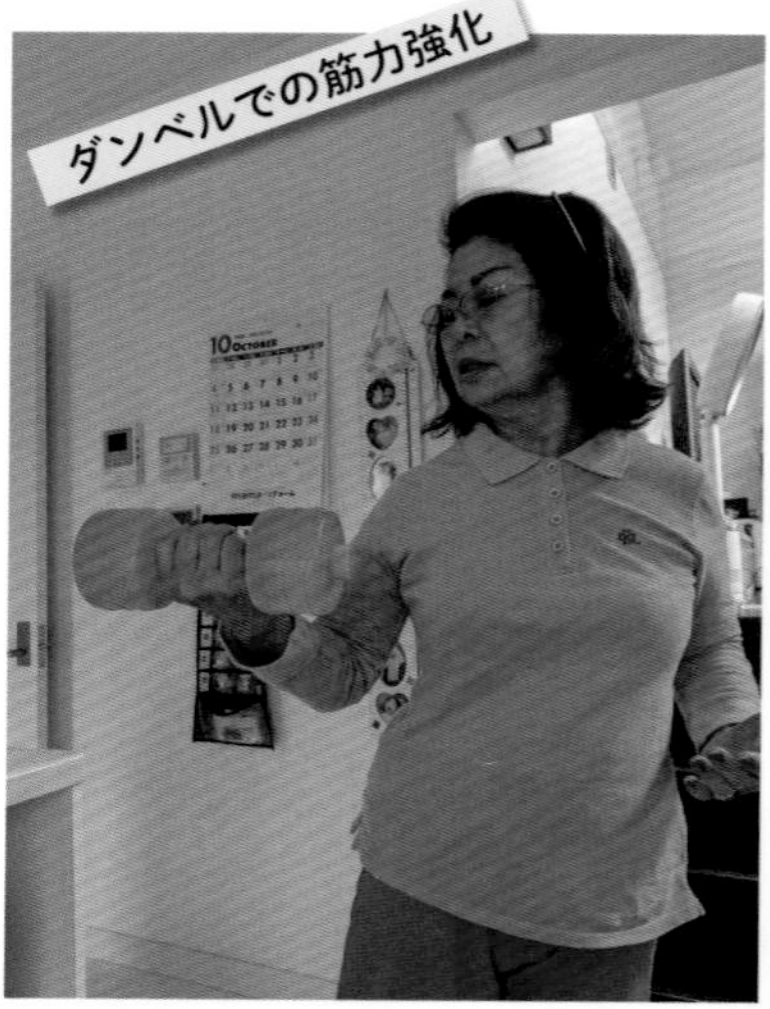

ダンベルでの筋力強化

足のぎったんばったん

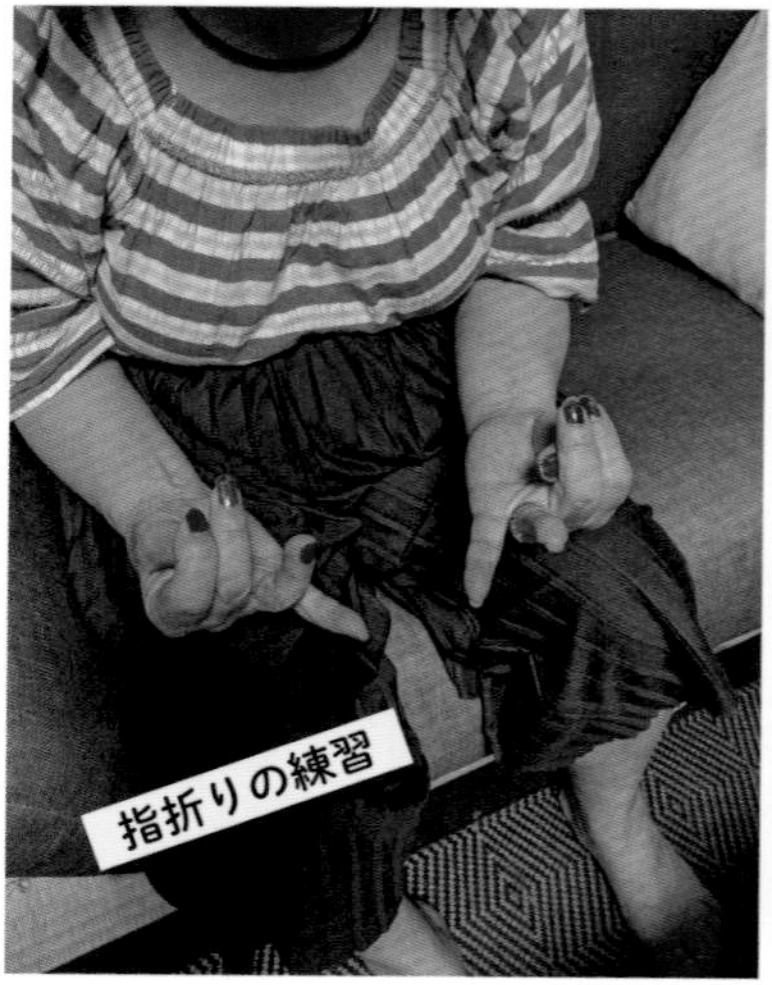

指折りの練習

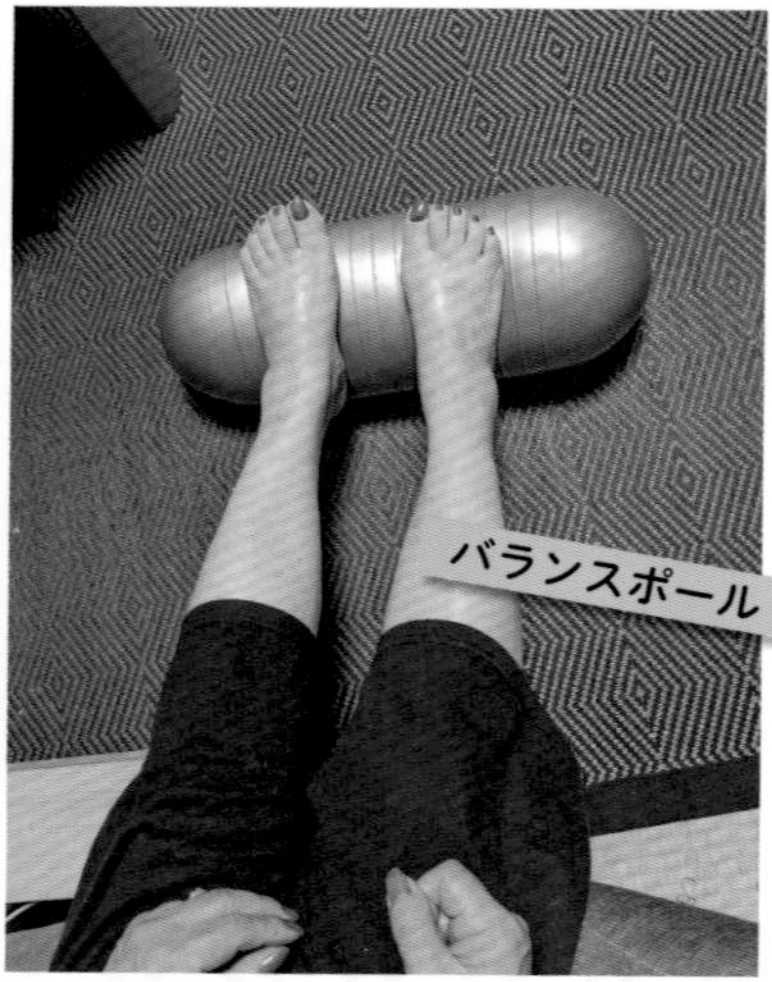

バランスボール

・バランスポール
・6000歩以上毎日歩く
・NHKのテレビ体操（観られない日はビデオ）
・口の体操（初台でいただいたファイル〔言語療法〕の内容で）
・両頬を膨らませて、少しずつ吐く。吹き矢の真似をしながら強く30回吹く
・ダンベルでの筋力強化
・指折りの練習

浴槽の中でのルーティン

・ふくらはぎを揉む
・膝の曲げ伸ばし50回ずつ

・膝を揉む
・足指と手のグーパー30回ずつ
・肩回し、前後10回ずつ
・首の運動（前後左右、右倒し左倒し）
・手のひらの開閉運動
・手と指のストレッチ
・両手を上げる

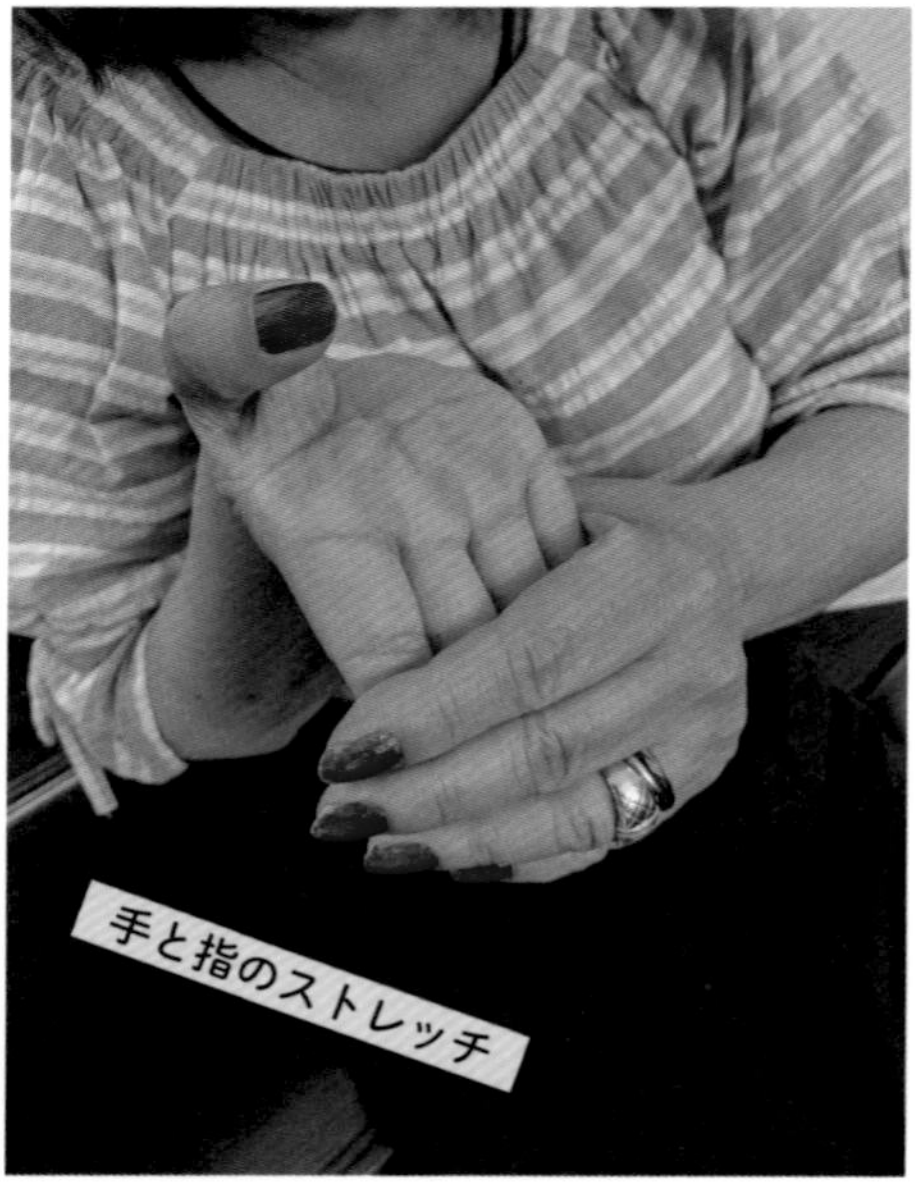

膝とふくらはぎのなで揉み。今日一日のお礼を込めて（本当は浴槽の中で）

1日6000歩、歩くこと

2020年3月から始めた。コロナのため、しばらく通所リハビリを休んだので、運動不足解消が動機だった。2000歩、3000歩、4000歩、5000歩と、4月の中頃には1万歩にもなった。整形外科の先生に相談したら、

「無理は禁物。5000か6000歩が丁度いいでしょう」

ということだった。

スマホの万歩計アプリを1日の目標6000歩に設定した。5月から6000歩が続いている。一日中雨の日は家の中をうろうろ歩き、孫が不思議そうに見るので、

「徘徊《はいかい》老人じゃないよ」

と言ったら、なおポカンとしていた。徘徊の意味がわからないらしい。暑く

なってきた7月、8月は早朝か夕方遅く陰ってきてから歩いた。

ところで、一口に6000歩というが、かなりの距離で、私の足で、約1時間半で4キロメートルくらいになる。だんだん歩幅が大きくなってきたようで、初めは梅ヶ丘の駅まで往復で6000歩くらいだったが、最近は5000歩くらいになり、少し追加して歩かなければならなくなってきた。

気分を変えるため、いろいろな道を歩いている

歩く時に心掛けることで

・歩きやすい道を選ぶこと
・腕を振る（私は特に腕のツッパリが治る）
・つま先を上げてかかとから歩く。脳梗塞の先生から決して転んではいけない、頭を打ったら命取りになる、と注意されていた。お陰で病気になってから一度も転んでいない
・歌いながら、または数えながら歩く。大きく口を開けて
・おなかに力を入れて歩く
・1年前頃夢だった、経堂（片道2キロ）や豪徳寺（片道1キロ弱）に行ってお茶して帰るを、今は娘と二人で時々できる。幸せ❤❤❤

歩くことにこんなメリットが

・足が強くなる。勿論良い歩き方に近づく
・よく眠れる（毎晩飲んでいた導入剤がいらなくなった）
・便通が良くなる
・痩せる（一般的に）
・食欲が出る（私はあまり歓迎しない）
・外に出て、季節感を味わえる。花・木・風など（桜・クチナシ・アジサイ・ムクゲ等）
・近所の人と話ができる

ご近所で毎年楽しませてくれる花

世田谷線50周年記念の招き猫のデザインをした電車

近所のナンジャモンジャの木は遠くから見にくる人もいる

・汗をいっぱいかいて新陳代謝が良くなる

良いことばかりの歩き。これからも続けたいと思う。朝歩くと一日調子が良い。しかし、悲しいことに毎朝一から出直し。1キロメートルくらい歩くと調子が良くなる。脳梗塞の特徴か。そう簡単に麻痺した神経は戻らないのだ。だけれど、歩かないと悪いままだ。頑張っていればそのうちに……。

ダンスに通う

2018年8月末に初台を退院し、半月ほど経過した9月中頃からダンスに通い始めた。先生とは二十数年の付き合いで、病院にも見舞いにきてくださり、今回の私の病気の具合も症状も知ってもらっている。それでも、「いいからいいから、またやろうよ。大丈夫だよ」と言ってくださった。

足は何とか動くにしても、右手が上がらないことにはどうしようもない。が、しかし、思い切って始めることにした。

私は「あ、痛い痛いっ」と言いつつ踊ったが、本当は先生の左手が痛かったはずだ。上がらないばかりか、手のひらが開かないので、先生の手に私の右手の爪が食い込み、爪あとがくっきりついていた。先生ごめんなさい、だった。

30年近く続けている一番の趣味ソーシャルダンス

木曜日はダンスの日と決めて、週に1回通った。行く度に、「今週は、この前より10センチくらい上がっているよ」と褒められ、励みになった。

そんな練習があって、1か月くらい経ってからのこと、10月14日、何と、教室の周年パーティーでデモンストレーションをしたのだ。ドレスの着替えも自分でできず、すべて娘に手伝ってもらった。右手は上がらなくても、左手を大きく上げて踊った。こんな体で出るなんて、病気のことを知っている友達は、涙を流して喜んでくれた。

今も週1回、コロナで休んだり、膝の手術で長く休んだり、ギックリ腰で休んだりしつつも、通い続けている。立派にダンスはリハビリになっている。私が比較的に足のダメージが少なかったのは、長年続けていたダンスのお陰かと思う。それにこうして今も続けられるのは、毎回娘が送り迎えしてくれるからと、先生が優しいからだ。

できるようになったことの推移

2018年6月末

足——摑まるとたくさん歩けるが、摑まらないと20メートルくらいだったかな——ダンスのステップが踏める（ダンスを再開して、10月の教室の周年パーティーに出た）

右手——固く握りしめ、胸の辺りにくっつけていた。ハッキリ言って何もできない

口——ろれつが回らない。人にはわからないらしいが、自分では大変しゃべりにくい

2019年8月中旬

足——1キロくらい歩けるようになった（杖をついて）

——ダンスができる（手も足も不十分だが）

右手——上まで上がらない。瞬間的には上がるが、維持できない

口——ほとんど変わらない。相変わらずろれつが回りにくい

そのほか——ご飯を左手で食べられる

——歯磨きを電動ブラシでできる

——身支度ができる。下着、上着、ズボン、靴下を一人で穿ける

——お化粧ができる

——ファスナーをはめて、上げたり下げたりできる

2020年9月末（最近）

足——歩くこと4キロ以上。ステッキは使ったり使わなかったり

——階段をトントントンと右、左、右、左、と少し降りることができる（調

子の良い時は）
――つま先立ちができる
――ボールを蹴ることができる
（特訓中）
――小走りができる（10メートルくらい）

右手――右手で字を書くことができる（フェルトペン）下の写真の「運命」を書くのに1時間以上かかった
右手で食事ができる。補助箸で半分くらい食べられる。
残りは左手で

そのほか――左手でパソコンやライ

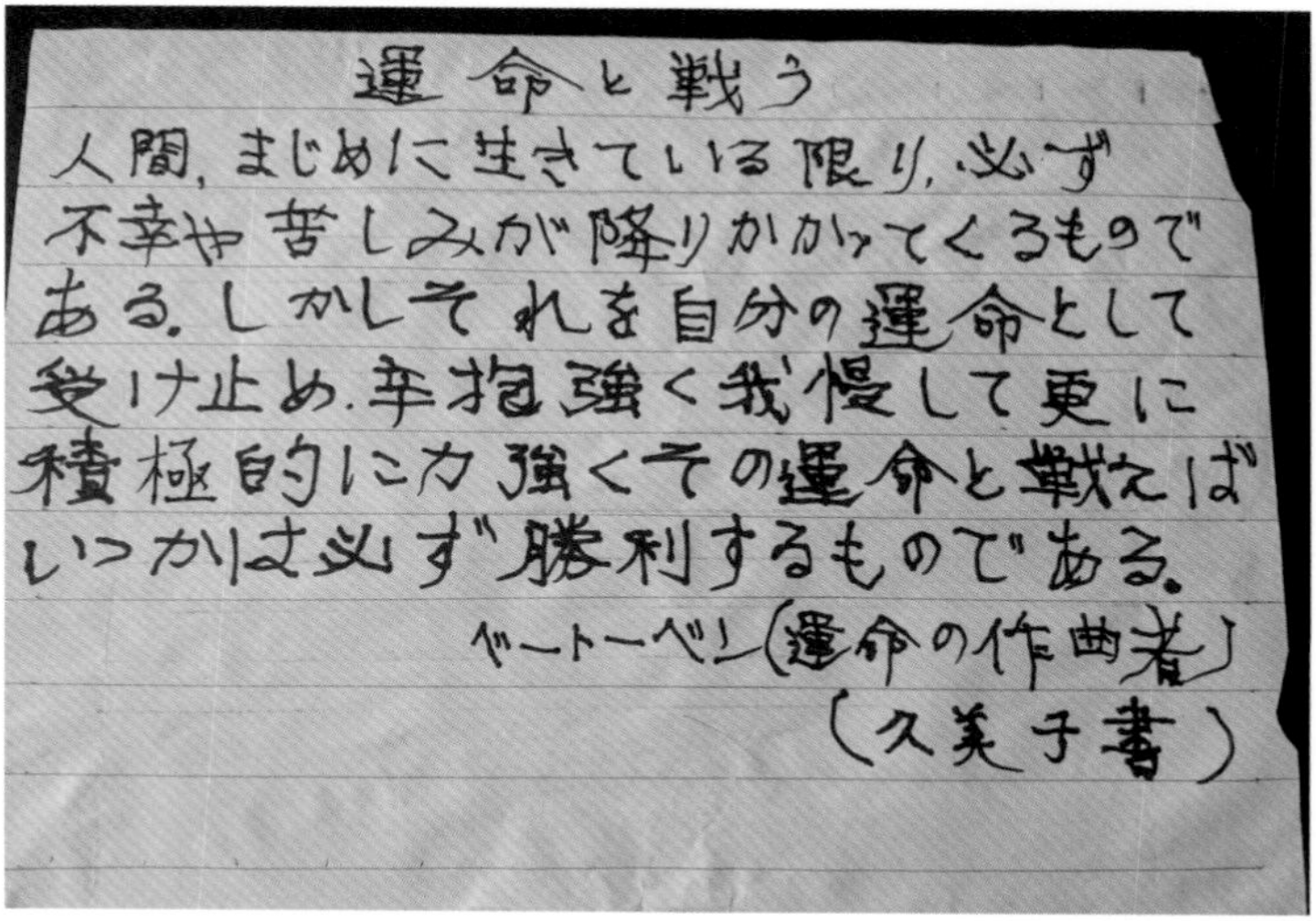
運命と戦う
人間、まじめに生きている限り、必ず不幸や苦しみが降りかかってくるものである。しかしそれを自分の運命として受け止め、辛抱強く我慢して更に積極的に力強くその運命と戦えばいつかは必ず勝利するものである。
ベートーベン（運命の作曲者）
（久美子書）

感動した文章

ンを打つことができる。が、遅い

——右手のひらは意識すれば開くことができる。が、長くは続かない

——右手で指折り数えることができる

——両手で頭が洗える

——両手で顔を洗うことができる

——ゴシゴシ洗濯ができる（簡単なマスク等）

——雑巾やタオルを絞ることができる

——紐《ひも》結び（リボン結び）ができる

——マグネット式のネックレスが留められる

右手で、普通の箸で食事ができた

——簡単な縫い物ができる（ボタン付け・裾のまつり縫い等）
——ピアスをつけることができる（引っ掛け式のもの）
——ボール投げ。少し勢いをつけて投げられるようになった（特訓中）
——洗濯もの畳み
——朝食と昼食の食器洗い
——庭の掃除
——テーブルを拭く
——左手と右手が背中の後ろで付けられる（お風呂の中で）
——毎日の薬の袋を指先で切ることができる
——ハサミを使うことができる
——傘をさすことができる
——軽い物を買い物することができる（リュックに入れて帰る）
●1年前頃は、ガクンと細くなっていた右腕が、今では左右の太さがあまり変わらなくなった。

以上、できないことはまだたくさんあるが、これからの課題は以下のもの。

・いつでも安定して歩ける
・右手を使って字を容易に書く
・補助箸無しで食事をする
・包丁を使って料理をする

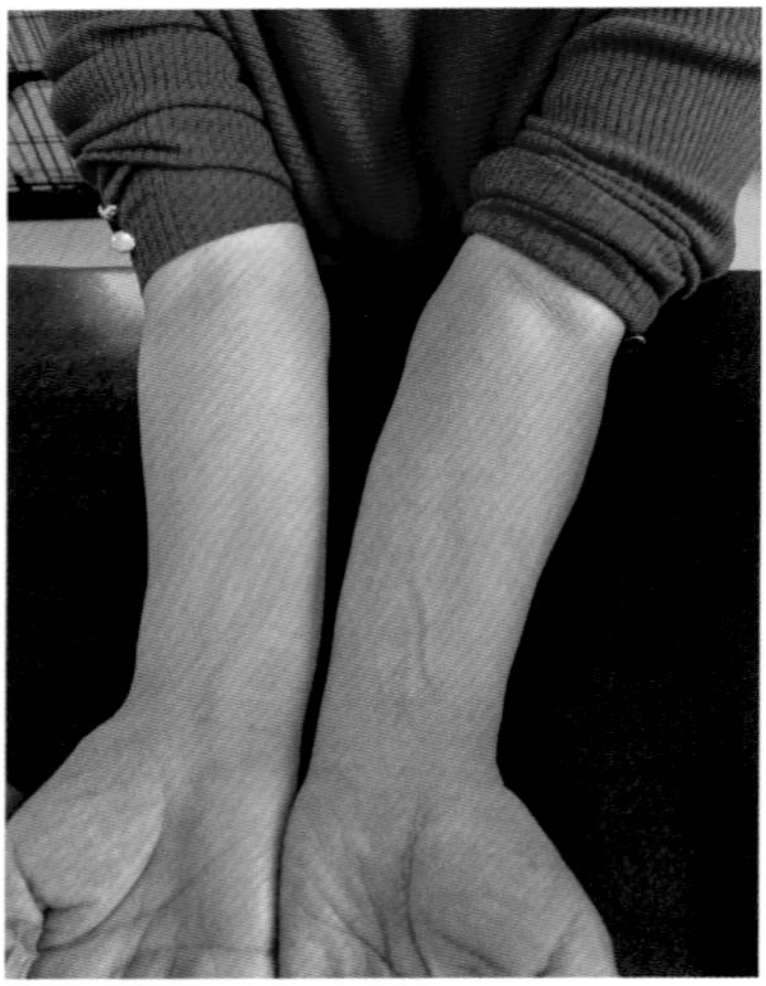

ほとんど太さが変わらなくなった左右の腕

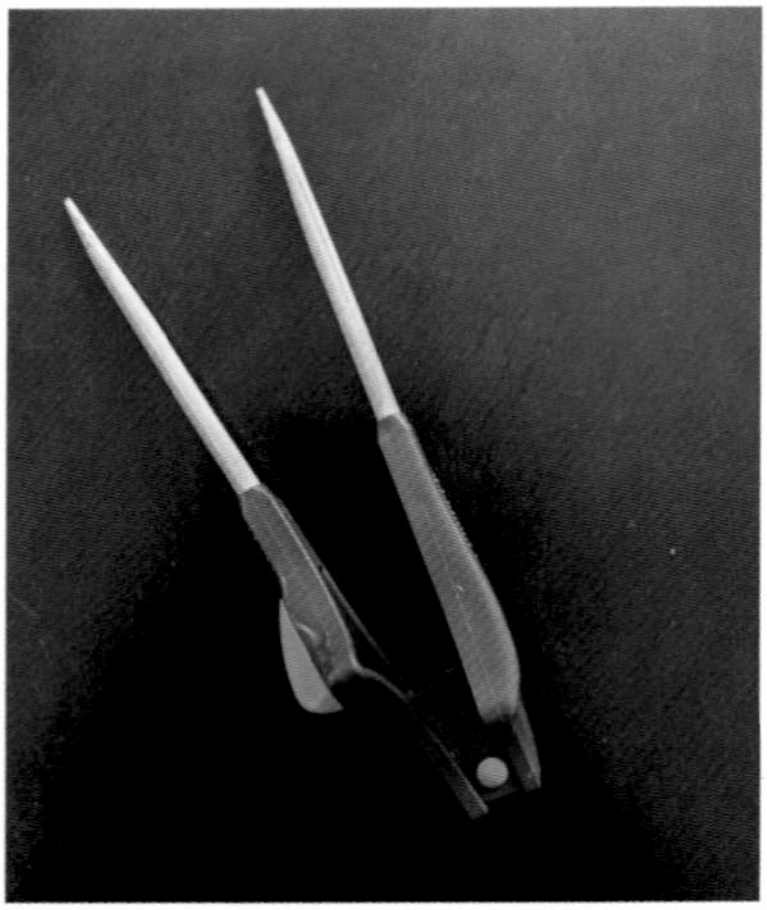

毎日使っている補助箸

・愛犬プリンの散歩

●全体的に右手の力をつけて、何でも上手く、早くできるようにする。

できるようになった歓び

・自分で服が着られる
・右手で字が書ける
・右手で食事ができる
・ファスナーを開けたり閉めたりできる
・歩ける
・傘を持てる
など

誰にでもできる当たり前のことなのに、一度全くできなくなったことを取り戻した歓びは、何とも人に自慢したくなるほどの大きな大きな出来事なのです。

娘曰く、

「ママ、その歓びは、私には味わえないものよ。ママが努力で勝ち取ったものよ」

と。ヨッシャ、ベートーベンの言葉に、一歩近付けたなぁ、とにんまりするこの頃である。

教育（今日行く）と教養（今日用がある）

「年をとったら『今日行く』と『今日、用』が大事だぞ」

と、今は亡き兄がよく言っていました。私はそれを忠実に守ってきた。

今も、

月　リハビリテーション病院梅丘
火　ワイズ・パーク芦花公園
水　リハビリテーション病院梅丘
木　ダンスレッスン
金　ワイズ・パーク芦花公園
土　ワイズ・パーク芦花公園
日　時々野球の応援や、友達と会食、買い物

空いている時間にトレーニングをやる。

そのほか、毎日６０００歩以上歩くことも日課の一つとし、結構充実した日々を送っています。お陰で脳梗塞以外、風邪を引く暇もない。有り難いことだ。

現在は…　治江

発症から2年以上の月日が流れ、今もリハビリの日々を過ごす母。

時々、不安定な精神状態になることもある。

「これから一生、リハビリのための人生なの？　何の楽しみもない、リハビリするために生きているなら、あの時死んでしまえば良かった」

そう何時間も泣かれる時は、本当にしんどい。

介護は身体的なことだけではない。それよりも、一番大切なのは、メンタルを支えてあげなくてはならないことなのだ、と改めて感じた。私は今まで、正直自分が介護者となるなんて、もっとずっとずっと先のことだと思っていた。

義父母も実母も健康で、それが当たり前だと思っていた。でも、当たり前なんて無く、常にそれは考えていなければならないことだった。

これからも母のリハビリは続く。介護も続く。でも、あまり頭でっかちにならず、そしてそれを「介護」と思わず、母に楽しい思いをたくさんさせてあげられるように、暮らしていきたいと思う。

きっと神様が、

「早く夫を亡くし、教員をしながら女手ひとつで育ててきてくれたお母さんと、これからはもっと一緒にいる時間を増やしなさい」

と言ってくれたのかもしれないな……。

自分が家族を支えていると思っていたけれど、実は今、この環境が私を支えてくれているということに気付いた。

お義父さん、お義母さん、そしてママ、ずっと元気で長生きしてね！

家族に感謝!!

お世話になりました

・飛鳥Ⅱの船長さん、船医のS先生、Y先生と看護師の皆さん
・ツアーコンシェルジュの沖原さん
・インターナショナルSOSエスコートナースの高橋侑子さん
・バハマの病院の先生方とスタッフの皆さん
・バハマから帰国する前に、娘の相談にのってくださった兒浦先生
・東京医療センターの総合内科T先生、K先生。ソーシャルワーカーのKさん
・整形外科のK先生とK先生
・初台リハビリテーション病院のT先生。理学療法士、作業療法士、言語療法士のスタッフの皆さん
・成城分室のW先生とスタッフの方々

・東京海上日動火災保険（海外旅行保険）ご担当の皆さん

本当にありがとうございました。

これからもよろしくお願いします

・臼井内科の臼井先生。伺う度に丁寧な診察、脳梗塞の現在の様子、適切なアドバイス、大変嬉しいです。

・ワイズ・パークのスタッフの皆さん。家庭的な雰囲気の中で楽しく過ごさせてくださってありがとうございます。

・リハビリテーションセンター梅丘のスタッフの皆さん。棒を使ったりゴムを使ったりする運動がとてもためになります。

・ケアマネジャーの山西さん。いつも褒めてくださりありがとうございます。

励みになっています。

・横浜の吉岡さん。一緒に旅行に出掛けたり、食事をしたり、だんだん少なくなってごめんね。いつも大切に思ってくれてありがとう。お互いに年だから、体大切にしようね

これからも引き続き、よろしくお願いいたします。

暑い中、お見舞いにいらしてくださり、気に掛けてくださる多くの方々

・たくさんの同級生の皆さん（特に毎週のように病院に来てくれた同級生の誠子ちゃんと鈴代ちゃん、有り難う）

・元教え子の皆さんとそのお母さん方

・ダンスの先生とダンスのお友達（特に祥ちゃん、猛夏の中何度も来てくれ

て有り難う）
・孫の少年野球のコーチ陣の皆さん
・娘のママ友の皆さん
・こうちゃんのお父さんお母さん、お姉さんご夫婦
・五島列島から来てくれた甥《おい》っ子たちと姪《めい》っ子
・横浜からお見舞いに来てくれた吉岡さんとゆかのさん
・遠くて来られないけれど、丁寧なお手紙やお見舞いをくださった皆さん
・いつもお声を掛けて励ましてくださるご近所の皆さん
・安否を気遣って時々お電話くださる方々
ともすれば単調で暗くなりがちな病院生活も、皆さんのお陰で明るく楽しく過ごせました。

本当にありがとうございました。

ここでは、許可をいただいた方以外、個々人のお名前は伏せさせていただきました。

家族のみんなへ感謝

娘、治江へ

ババマから帰って初めて会った時、「これからは私がママの手足になるから何にも心配しなくていいよ」と言ってくれました。実にそのとおり、入院中の医療センター2週間、初台リハビリセンター病院、2か月と少し、1日も欠かすことなく顔を見に来てくれました。退院後も、分室のリハビリ病院への通院、週3回を7か月間、医療センターへの通院。膝の手術後の入院と通院、手の手術後の通院、私が友達に会いに行く時の送り迎え。ダンスのレッスンの送り迎え。この2年4か月のうち、何十回、いや何百回送り迎えをしてもらったことか。

送り迎えだけではない。家事一切手伝うことができない私に、いつも優しく

治江、プリンと一緒にリビングで

接してくれています。

テーブル拭き、お箸だけ運ぶなど、小さな手伝いを与えてくれ、私を喜ばせてくれています。仕事に行っている日も、1日も手抜きせずに、美味しいものをいっぱい作ってくれてありがとう。

当時、受験のための勉強が大変な5年生と小学2年生のわんぱく坊主を抱えて、それだけでもパニックなのに、いつも私に寄り添ってくれました。「今までの恩返しよ。気にしないでね」と言ってくれるあなたに、手を合わせるしかありません。あり

頼りにしている家族

がとう（なのに、時々不機嫌になる私を許してね）。あなたは世界一の娘です。私は幸せ者です。

こうちゃんへ

普段は仕事と少年野球の監督とで忙しいのに、どんなに朝早くても、夜中に帰ってきても、土日祝日はすべて少年野球でご苦労様。カズ君の野球のトレーニングを毎晩やって、お陰でカズ君も随分上手くなってきたね。

いざという時に頼もしくて、頼りになります。いつも本当にありがとう。これからも宜しくお願いします。

この本を作るにあたっての写真作成を色々教えてくれたね。

こうちゃんも働き盛りだから、くれぐれも体に気を付けてね。

しーちゃんとカズ君へ

私の孫、しーちゃんとカズ君へ。リハビリから帰ってきた時、「お帰り！」と出迎えてくれて嬉しいよ。そしてお風呂を洗って沸かしてくれてありがとう。入浴剤も入れてくれて、「今日は何色かな?」といつも楽しみです。温かいお風呂は体が喜んで、手足がよく伸びるのよ。あぁ、極楽極楽です。

時々一緒に入れる時は、背中をゴシゴシ洗ってくれたり、頭を洗ってくれたりするのが気持ちいいよ。

隣でエプロンを付けてくれたり、食事を取り分けてくれたり、果物を剝《む》いてくれたり、ありがとう。

爪も上手に切ってくれるよね。

家族写真

忘れられないのは、去年の敬老の日の近く、「今度、『おじいちゃん、おばあちゃんを呼んで、給食を一緒に食べよう』という会があるんだけど、あーちゃん（私のこと）絶対に来てね！僕がしっかりエスカレート（エスコートと言いたかったらしい）するからね！」

こんな歩き方や汚い食べ方で嫌だろうなぁと思っていたのに、意外だったし嬉しかった。恐る恐る学校に行ったら、カズ君が飛んできて、手を引いてエスカレートしてくれた。食べる時も、私の隣の席で、何やかやとエスカレートしてくれたね。「僕のおばあちゃんだよ」と紹介しながら。その日はなるべくこぼさないように気を付けながら食べたのを覚えているよ。

しーちゃんとカズ君はそれぞれに頑張ることは違うけれど、しーちゃんは今ではママよりも私よりも体が大きくなって頼もしいよ。これからもママを助けてあげてね。あなたの作る卵焼きは天下一品!! また時々食べたいです。学校では新しい環境で先生にも「よく頑張っている」と褒められているそうね。とても嬉しいよ。カズ君は野球を毎晩パパにしごかれているね。でも、へこたれず、歯をくいしばって頑張っている姿に感動しています。二人共、ますます頑張ってね!

愛犬プリンへ

食事の時はぴったり私にくっついて、お掃除係をしてくれていたのに、最近はお箸使いが少し上手になって、あまり落とさなくなってごめんんね。

リハビリや散歩から帰ってくると、飛びついてきてくれる可愛さ。大きな癒しになってるわ。ありがとう。2人（1匹と1人）のお散歩はもう少し待っててね。

リハビリに行く時、ママと一緒に見送りしてくれてありがとう。ドライバーさんたち、みんなのアイドルだよ。

いつも癒してくれる愛犬プリン

あとがき

飛鳥Ⅱの船長さん、船医さん方、私の発病の際は大変な悩みを負わせてしまったそうですね。ヘリで搬送すれば速いけれど、気圧の急変で脳に負担がかかる。船でそのまま進むのが一番だが、時間がかかる。どうすれば良いか、短時間に決断を迫られるという、大変なご苦労をおかけしました。結局、後者を選ばれたわけで、今こうして生存していられますのは、後者のほうが良かったからでしょう。家族共々お礼を申し上げます。

飛鳥Ⅱのコンシェルジュの沖原さん、娘に何度も連絡を入れてくださり、娘が過度の心配に至らないように、細かいご配慮をくださったそうで、娘も安心して色々な手配に取り組むことができたそうです。本当にありがとうございました。

2年と4か月、中途半端な時にこんな振り返りの本を書こうと思ったのは、一番難しいと言われている、

・右手で字を書くこと

・右手で食事をすること

の2つができそう、できると確信を得たからです。

1日は24時間。元気な人にも病める人にも平等に24時間が与えられています。この24時間をどう使うか？　今の私はリハビリに目一杯使いたいと思います。なぜならリハビリは今しかできないから。治った体でいっぱい楽しみたいから。

ところが、2020年の1月頃、新型コロナウイルスというものが発生し、世界中が震えだしました。日本も例外ではなく、3月には公立学校がすべて閉鎖となり、仕事もテレワークが増え、街中がシーンとなったのです。「ソーシャルディスタンス」「3密」「緊急事態宣言」などという言葉が飛び交い、皆が今後に不安を感じています。1日も早くコロナのワクチンが完成し、世界中を怯えから救ってほしい。まだまだリハビリは続きますが、着実に成し遂げた

いと思います。誰のためでもなく、自分のためですもの。この本が出版される頃には、コロナが終息している事を心から祈ります。

２０２０年９月末日

著者プロフィール

堀内 久美子（ほりうち くみこ）

1943年（昭和18年）6月3日、熊本県生まれ。
熊本大学教育学部卒業後、公立小学校教諭となる。
東京都在住。
1982年（昭和57年）夫と死別。
現在、一人娘の家族と同居。

あれもできるよ　これもできるよ

2021年6月15日　初版第1刷発行

著　者　堀内 久美子
発行者　瓜谷 綱延
発行所　株式会社文芸社
〒160-0022　東京都新宿区新宿1－10－1
電話　03-5369-3060（代表）
03-5369-2299（販売）

印刷所　図書印刷株式会社

ISBN978-4-286-22650-7